D1661949

Den
Haselweg
hinauf

Tut mir leid das
Thema hat mir
so überhaupt nicht
gefallen – das rum
reiten auf der Liebe - Sex
oder einfach zu
langatmig
schade

Jana
Revedin

Den Haselweg hinauf

Roman

styria premium

Für Janusch

Ce que nous n'avons pas eu à déchiffrer, à éclaircir par notre effort personnel, ce qui était clair avant nous, n'est pas à nous. Ne vient de nous-mêmes que ce que nous tirons de l'obscurité qui est en nous et que ne connaissent pas les autres.
(...)
Et comme l'art recompose exactement la vie, autour de ces vérités qu'on a atteintes en soi-même flottera toujours une atmosphère de poésie, la douceur d'un mystère qui n'est que le vestige de la pénombre que nous avons dû traverser.

Was wir nicht durch unser persönliches Bemühen haben entziffern, haben aufhellen müssen, was schon klar war, ehe wir darauf stießen, gehört uns nicht eigentlich an. Aus uns selbst kommt nur, was wir ganz allein aus dem Dunkel unseres Inneren herausholen und das den anderen unbekannt ist.
(...)
Da aber die Kunst das Leben genau nachbildet, wird um die Wahrheiten, zu denen man gelangt ist, immer ein Hauch von Poesie schweben, die nichts anderes als die Spur jenes Halbdunkels ist, das wir durchqueren mussten ...

Marcel Proust
Le temps retrouvé
Die wiedergefundene Zeit

Ted an seinen Vater

Du starbst am 15. Mai, am Samstag vor Pfingsten.

Vor vier Monaten.

Der 15. Mai wird Dein Todestag bleiben, in all den Jahren, die da kommen. Alle Jahre laufen auf Deinen Todestag zu. Es wird geben, „als Janusch noch dabei war", und „als Janusch schon gestorben war".

Du lagst im Krankenhaus.

Wasserlunge, Nierenversagen. Der junge, doch schon grauhaarige Oberarzt schaute mich betroffen an, als ich den grünen Gang entlang zu Deiner Tür rannte.

Du lagst in keinem Zimmer, sondern in einem Saal. Prä-Intensivstation nannten sie das. Wohl eher die Post-Intensivstation. Hier lagen vier Menschen an der Wand aufgereiht, von weißen Vorhängen getrennt, und kratzten und stöhnten und scharrten und röchelten dem Tod entgegen.

Du lagst ganz still.

Ich schaute auf die Monitore, wie oft schon hatte ich auf solche Monitore geschaut. Vor fünfundzwanzig Jahren, nach Deinem ersten Infarkt. Dann vor zwanzig, bei Deinem zweiten Infarkt, Helikoptertransport, riskante, multiple Bypassoperation, ewige Rehabilitation. Dann, vor beinahe sieben Jahren, der Tsunami-Winter, als ich das Hilfsprojekt in Sumatra annahm, um für Dein erneutes, beinahe schon wundersames Überleben zu danken.

In diesem Frühjahr hatte ein erneuter Tsunami den Norden Japans lahmgelegt, eine Atomkatastrophe ausgelöst. Die gleichen Bilder wie die aus dem armen Sumatra erreichten uns aus dem Land des personifizierten Fortschritts. Eine Ohrfeige ins Gesicht menschlicher Selbstüberschätzung. Westlicher Fortschrittswahn war endlich anklagbar, die irre Idee, dass sich Natur technisch zähmen ließe, dass Atomkraft zu kommandieren sei.

Du lagst ganz still. Kaum ein Atem, kaum eine Bewegung. Deine Augen waren schon geschlossen.

Ich nahm Deine Hand, diese gute Hand, diese immer warme Hand, die jetzt kühl war, schon fast blutleer, doch, da war ein Widerstand. Die Adern traten hervor, auf dem Handrücken. Du wusstest, ich war angekommen.

Dein Kaum-ein-Atem ging noch ein paar Minuten, vielleicht einige Minuten, eine halbe Stunde, ich verlor das Zeitgefühl, während ich auf die Monitore schaute und die Herzkurve sich immer flacher einem so verdienten Stillstand entgegensehnte. Ausruhen. Endlich ausruhen. Loslassen. Nicht mehr sichten, entscheiden, die Schlacht schlagen, an vorderster Front.
Ich sagte gar nichts, ich dachte mich in Dich hinein und tastete Dich ab.
Von den Händen wanderte ich zu den dürren Unter-, zu den Oberarmen. Ich legte Dich gerade hin, den Kopf schön hoch, das Profil ins Licht gedreht, streifte Dir das schüttere Haar in Ordnung, schloss Dein herunter gekipptes Kinn. Deine aufgeblähte Lunge hob sich unmerklich nur mehr, doch der große Wasserstau im Bauchraum machte Volumen unter der Pyjamajacke und dem Leintuch, wie ein steiler Berg – Valbella, Pellestrina, unsere frühen, dann jäh endenden Weihnachtsferien im Schnee.
Jäh endend, als ich fünf war und Deine Frau, die Mutter Deiner Kinder – meine Mutter, diese zwei Worte bekomme ich in Gedanken kaum ausgesprochen – für immer davon fuhr. Als wir beide dann über die kleine Brücke vor dem leer geräumten Haus gehen mussten, ein letztes Mal, und uns nicht mehr umschauten. Und uns nichts mehr blieb.

Vielleicht sagte ich „das macht doch nichts", um Dich nicht zu beunruhigen, denn Deine Haut spürte noch meine Nähe, reagierte mit Wärme. Meinte ich Deinen Wasserbauch oder meine vereinsamte Jugend? Verstandest Du Deine gescheiterte Ehe oder meine daraus resultierende, lebenslange Heimatlosigkeit?

Ich tastete die Beine ab, schlanke Sportlerbeine, die Dich verlässlich getragen hatten bis hierher, nur noch Knochen, von ganz unfaltiger Haut umspannt. Man konnte die Adern fühlen, durch das Leintuch hindurch. Du lagst jetzt gerade und reisefertig. Ich stand von der Bettkante auf und stellte mich neben Dich hin, Deine linke Hand in meinen Händen.

Und da hörte die Herzkurve auf.

Ein paar Sekunden, oder doch eine halbe Minute, und das Alarmzirren der Monitore begann. Kein Pfeifen, kein Klingeln, kein Singen, ein Zirren, ein gezerrt werden. Die Schwester kam und schaltete die Monitore ab. Stille. Das Loslassen, nach endlosem Zerren.

Gleich hinter ihr der jung ergraute Oberarzt. Sie sagten nichts, schauten bloß, der Arzt schaute mir in die Augen. Nickte.

Ein schöner Tod, sagte der Blick.

Sie zogen, im leisen Gehen, beide weißen Trennvorhänge bis zu ihrem Anschlag zu.

Sofort hörte ich wieder, ich konnte nicht anders, was im Saal geschah. Neben Dir links schnarchte der, der zuvor geröchelt hatte, neben Dir rechts war es verdächtig ruhig. Tatsächlich fuhr die Schwester das Bett gleich bei der Tür eben hinaus.

Ich setzte mich hin, neben Dich. Wie bequem so ein Krankenhausstuhl – zwei simple Eichenholzschalen auf Chromrohrgestell, wahrscheinlich Libera-Mobiliar aus den 1940ern – sein konnte!

Du warst ganz ruhig. Aufgeräumt. Abgeflogen.

Du hattest nie an transzendente oder religiöse Ebenen geglaubt. Nur an das Aufrechtstehen vor einer höheren Macht, die wohl verantwortlich sein musste für die Schöpfung, für die Wissenschaft, die Botanik, für die Du lebtest, die Du bewundertest. Du glaubtest an, hofftest auf die komponierbare Schönheit Deiner Lilien, auf ihre unendlich variablen Kurven, auf die berechenbare Vielfalt der Farbmischungen Deiner Orchideen. Mathematik, eigentlich. Du glaubtest an ihre Dichte, ihre sinnliche, ihre mögliche geistige und psychische Kraft. Philosophie, eigentlich. Mathematik, Philosophie: die beiden Wissenschaften, die Leon Battista Alberti der Architektur, meinem Handwerk gleichgestellt hatte.

Letztlich aber vertrautest Du allein auf die Ehrfurcht vor einem präzise und unermüdlich schaffenden Schöpfer, diesem unversiegbaren Quell.

Quell, Quellenland, Nord-Nordost. Oder-Neiße, Ostseeküste. Nicht in der schillernden Berliner Metropole, nein in den Ostprovinzen hatte der Großvater Dich großgezogen. Der Großvater, mein Architekten- und Städtebauervorbild, dessen unvollendetes Reformwerk ich mich angeschickt habe, ein Stück weit fortzuführen. Birkenalleen, Flüsse, hellblaue Seen, Obstwiesen, Laubwald, Torfmoore, Ried, Sanddünen, das war Euer Zuhause gewesen.

Hitler kam auch dort vorbei. Und der Großvater, brennender Humanist, zerbrach an ihm, wurde gebrochen, zog sich für immer zurück.

Du, Janusch, tatest das Richtige, fingst etwas ganz Neues an und machtest Deinen Weg, in der Wissenschaft. Süddeutschland war Deine Rettung. Die Güterwaggons, Sattelschlepper, Planwagen von der Ostfront spuckten Dich irgendwann da aus. Dein Exil. Dir vollkommen fremd. Diese Weichheit der Hügel, diese Enge der Gassen, diese Leutseligkeit der Leute, dieser allgegenwärtige, feuchte Keltergeruch. Doch der einzig mögliche Neubeginn.

Da hattest Du sie getroffen, die kühle junge Frau mit den Augen voller Himmeln, die meine Mutter werden sollte. Zwei im Exil. Zwei Hungrige und Verschreckte, aus dem weiten Osten.

Das kann verbinden. Das muss nicht halten.

Du konntest sie nicht halten.

Ich saß immer noch, es wurde dunkel vor den Fenstern. Die Vorhänge zogen sich jetzt zurück, Schichtwechsel, könne ich sagen, ob der Patient verbrannt oder begraben würde, fragte ein neuer Oberarzt – in seiner eiligen Kälte erinnerte er mich an meinen

Bruder –, der Leichnam müsse jetzt dringend in den Kühlraum verlegt werden, Sie verstehen. Sein Beileid schmiss er mir aufs Bett, der harsche Nachfolger meines früh ergrauten Oberarzt-Freundes. Hinter ihm stand eine Figur in der Tür, die kam auf Dich und mich zu.

„Begraben", sagte Robert Meiselsohn, Dein alter Freund. Dein letzter Freund.

Der 21. Mai, Helens Geburtstag, wird für alle Zeit auch der Tag bleiben, an dem wir Dich begraben haben.

Helen, mein Kind, um das wir gemeinsam kämpften, gegen eine weitere kühle junge Frau, die mich, genauso wie die Mutter Deiner Kinder, früh verließ. Helen war nicht einmal drei Jahre alt. An der Wahl unserer Frauen waren wir zwei Selbstverleugner kläglich gescheitert!

Helens siebzehnter Geburtstag also war der Tag, an dem wir Dich begraben haben.

Wir standen vor der Kapelle des kleinen Waldfriedhofs am Ende des Bodensees, gleich bei der Schweizer Grenze. Hier lagen, neben den Dixens und den Heckels, den Finckhs und den Blochs auch Deine Mutter und Dein Vater begraben. Auf deren Grab wuchsen zwei sich in Umarmung ineinander stürzende Birken. Nord-Nordost. Quellenland. Da kamen beide, da kamt Ihr alle her. In jenem Licht ward Ihr geboren, unter jenem hohen himmelblauen Himmel, unter jenen watteweißen Wölkchen, zwischen jenen fröhlich lichten Birken mit ihren im Herbst maßlos goldenen Blättern hattet Ihr gelebt.

„Gewiss, es gibt nur im Himmel Birken, gewiss", hatte Rilke klar erkannt. „Was sollen sie denn unten? Man denke nur neben diesen breiten, braunen Stämmen – ebenso gut könnte es Sterne geben an der Zimmerdecke."

Du hattest Deine Eltern zu Dir geholt, in den weichhügeligen Süden, sie gepflegt, sie in den Tod begleitet, dann begraben. Auch ich hatte Dich zu mir geholt, über die Sommer dann zu Robert Meiselsohn geschickt, auf seinen abgelegenen, beinahe nordisch durchwindeten Inselberg auf Capri, mit Blick auf den Vesuv, die Bucht von Neapel. Am Ende wolltest Du von dort gar nicht mehr weg. Zwei alte Freunde am Ende zweier ganz gelebter Leben. Zwei alte Freunde, die nichts mehr drängte als ihr eigener Körperverfall.

Vor Pfingsten wurde es eng um Dein Herz. Ich war gerade am Weg zu Dir. Dabei warst Du an Ostern noch so aufgekratzt. So voller Lebenswut. Wir saßen alle drei auf Robert Meiselsohns Veranda und Du machtest wie immer Pläne, mit ihm den Montesolaro zu besteigen, dieses Frühjahr ganz bestimmt, ich würde schon sehen an Pfingsten, wenn ich wieder käme. Hattest rosige Wangen und schautest weit hinaus auf das glitzernde Meer, das voller Frühlingswellen war.
Mein letztes Bild, als ich losging. Dein Schaukelstuhl wippte hin und zurück. Hin und zurück. Langsam und kontrolliert, wie Du immer warst.
Langsam und kontrolliert, wie Du mir als kleinem Jungen das linke Auge auf mein linkes Auge legtest, ohne jede zu große Nähe, ohne jede Aufdringlichkeit, vor dem Einschlafen und sagtest: „Augchen auf Augchen, mein Jungchen."

22. SEPTEMBER 2011
Umeå im schwedischen Nordosten

Dominique Moïsi, der Philosoph, hat kürzlich gesagt: „Europa muss schwedisch werden!" und einen demokratischen Wettbewerbsvorteil Europas gemeint, der in der Trägheit der Postmoderne verloren ging, doch der hier lebe. Er schlägt eine Neu-Definition von Wirtschaftsleistung und Gesellschaftsklima nach „nordischem" Modell vor: „Unter dem Nordlicht herrscht mehr Stringenz und mehr Offenheit. Und wir bedürfen genau dieser Kombination." Weltgeografen wie Kotkin sehen gar eine „Neue hanseatische Liga" voraus –

Nun, lieber Dominique Moïsi, zur Offenheit: Sie haben noch nie versucht, in Schweden eine Straße auch nur zehn Zentimeter außerhalb der vorgezeichneten Fahrstreifen zu befahren. Eine Massenkarambolage kann befürchtet werden! Der schwere Verkehrssünder wird für eineinhalb Generationen aus der Öffentlichkeit entfernt, denn mit den Schweden ist nicht zu spassen, was den Straßenverkehr betrifft.
Glauben Sie mir, nach ein paar Monaten hier scheint mir eine „hanseatische Liga" um vieles besser als „Europa muss schwedisch werden" – wenigstens ein bisschen frische Luft vom Atlantik und von jenseits der Ostsee!

Wenn man ein wenig acht gibt, kann man hier täglich erleben, wie leicht und unangefochten sich das Hegelsche Streben nach der absoluten Demokratie in ein gesellschaftliches Normenkorsett und die unanfechtbare Herrschaft der Bürokratie einsperren lässt. Jeder spricht sich hier zwar mit „Hej" an und man duzt sich unverfroren, doch der in der Öffentlichkeit plakativ zur Schau getragene Konformismus führt zu gefährlichem Verschweigen, ja krankhaftem Verstecken jeder Art von Besonderheit. Hannah

Arendt hat dieses Phänomen der Massengesellschaft treffend vorausgesagt: Soziale Klassen werden mit großem ethischem Anspruch nivelliert – und das Ergebnis ist ein kopfloser, geradezu bescheuerter „Despotismus der Mehrheit".

Doch Umeå ist auch – und für mich geborenen Einsiedler, Massenflüchter und Hinterwäldler vor allen Dingen – die Birkenstadt. Dass man mich hierher berief! Sich in Umarmung ineinander stürzende Birken! Jede Straße ist gesäumt davon. In doppelter Alleepflanzung, seit die alte in Holz gebaute Flößersiedlung gegen Ende des XIX. Jahrhunderts abbrannte. Stadt der Birken, dem besten Feuerschutz der Welt. Sich in Umarmung ineinander stürzender Birken. Nord-Nordost, Quellenland, da kamt Ihr alle her und dahin kehre ich jetzt zurück.
Die Birken färben sich gelb, sonnengelb, um diese Jahreszeit. Denn Du bist tot und sie wollen mir dennoch Licht machen.

Ich bin die Hälfte des Monats hier jetzt. Du hattest diese Entscheidung so sehr gewollt. Weg vom reinen Bauen, das doch immer kommerziell ist und Abhängigkeiten, die Lust am Haben nährt, und zurück zur Forschung und Lehre, wo ich frei sein konnte, nah dem Sein.
Mich nicht weiter im Gefahrensog korrupter Politiker befand, die mein Streben nach Verbesserung von Lebensbedingungen populistisch verdrehten!
Noch hier und heute, da ich Dir das schreibe, läuft mir ein kalter Schauer über den Rücken: dass ich gewagt hatte, diesen Haider zu verklagen! Und dass ich sein perfides System der Parteienfinanzierung anhand der überhöhten Baukosten meines Tsunami-Hilfsprojekts nachweisen konnte, Recht bekam! Als er drei Monate später betrunken in den Tod raste, erhielt er ein Staatsbegräbnis, bei dem das ganze Land weinte und sang, Devisenschmuggler, Pleitebanker und ausländische Diktatoren inklusive. Diejenigen, die die schwülstigsten Reden gehalten hatten, waren inzwischen allesamt rechtskräftig verurteilt.

Du hattest zwar keinen Satz für oder gegen diese Professur in Schweden verloren, zu der ich vollkommen überraschend berufen worden war, doch das Ernennungsschreiben, ein simples Blatt Papier, ganz oben auf den Schriftenstapel in Deinem Lilienlabor gelegt. Und Du wusstest, dass ich Ordnung machen würde in Deinen Papieren.

„Du liebtest Landkarten, Sternkarten, Vegetationskarten, Klimakarten, Mess- und Präzisionsgeräte. Zirkel, Linear, Maßband, Waage. Du liebtest den Kompass", erinnerte ich Dich neben Deinem Sarg, in der morgenkühlen Kapelle, als Helen aufgehört hatte, auf der kleinen Orgel „Wohin soll ich mich wenden" zu spielen.
„Und standest aufrecht in dieser Welt, die Du begreifen wolltest. Kopf hoch, Schultern zurück, die Fersen schön geschlossen."

Wer da alles gekommen war, aus dem Städtchen am See und den Orten rundherum, auf den kleinen Waldfriedhof! Die Nachbarn des Hauses am Ende der Brücke, die wir gemeinsam hinter uns ließen, in meiner abrupt endenden Kindheit, in Deiner abrupt endenden Ehe. Deine Forschungskollegen, Deine Auftraggeber und treuen Institutionen, Deine Studenten und alle Gärtner aus der Umgegend. Die eine und andere sehr interessante betagte Dame auch.
Und natürlich mein Bruder, der Arzt und Besserwisser, eine schlechte Kombination. Kein Krankenhaus hatte ihn je länger als drei Jahre ausgehalten. Er kam als letzter, wichtig wie er war, saß forsch und beleidigt in der ersten Reihe. Schaute mich böse an. Ich war an allem schuld, hatte den Vater ja zuletzt nach Süditalien gezerrt, von wegen schöner Lebensabend, die medizinische Betreuung dort eine Katastrophe, das würde er mir ewig vorwerfen. Ein Vorwurf mehr, er hortete Vorwürfe, nährte sich von ihnen. Genauso sah er aus.
Du hattest ihn verachtet, schlimm, sich das bei einem eigenen Kind eingestehen zu müssen, Ihr gingt im Streit auseinander –

Aber Schluss jetzt mit nutzlosen Gedanken an diesen Menschen, den wir beide nicht hatten ändern können.

„Und hinter dieser aufrechten Figur: dieses Lächeln, diese weichen grünen Augen", sagte ich.

Die Damen nickten versonnen. Ich machte eine Pause und sah Dein Publikum an. Versonnenes Lächeln auch bei Deinen Kollegen und den einfachen Arbeitern aus der Gärtnerei. Alle Deine Enkel saßen rechts vor uns, Helen, die größte, hatte die zwei jüngsten im Arm, den kleinen Heinrich vor allem, den es vor Schluchzen schüttelte. Ich musste das Thema wechseln, sonst würden wir alle anfangen zu heulen hier.

Du konntest das. Betroffen machen. Und: die einfache Wahrheit sagen.

„Wir kannten aber auch den anspruchsvollen Kritiker und sorgenden Mahner in Dir", fuhr ich jetzt fort, etwas grollend, die Damen nickten ernst, der kleine Heinrich schaute mit offenem Mund zu mir auf wie zum Lehrer an der Tafel.

„Ein Beruf? Der darf nur ein Wort lang sein. Das war Dein Rezept. Das tun, wozu man berufen ist, und lieben, was man tut. Die anderen lieben, es für die anderen tun."

Meine Schwester hörte mit wasserblauen Augen zu. Sie war fast durchsichtig, von Trauer gezeichnet, doch von unangreifbarer Haltung. Ich hatte die Mutter Deiner Kinder ja jetzt sicher dreißig Jahre nicht gesehen, doch die beiden mussten sich frappierend ähnlich sein.

Ich endete mit dem Bild der Reise, das für Dich wie für Gläubige akzeptabel war. Du lagst jetzt gerade und reisefertig, so sah ich Dich noch einmal vor mir, zwischen den weißen Sterbevorhängen, während ich sprach. Abflug 15. Mai, des frühen Nachmittags. Heute warst Du längst nicht mehr hier, dieser Sarg neben mir war leer, eine leere Hülle darin. Reisefertig. Gute Reise weiterhin!

Wir gingen dem leeren Sarg nach auf den Friedhof, man versenkte ihn in der satten Frühlingserde. Die zwei Birken, die „zwei zu Deinen Häupten" machten unsichtbare Diener. Deine Eltern, der alte Heinrich, die gute Minna, waren schön zur Seite gerückt. Deine leere Hülle war dort gut aufgehoben.

Denn Du bist ja anderswo. Manchmal spüre ich Dich hier, im Rücken, zwischen den Schulterblättern. Manchmal, nicht ständig. Du hast ja zu tun, und ich auch.

Wir sind den ganzen Flussweg hoch gefahren, es müssen gute 30 Kilometer sein. Mit meinem alten Armeefahrrad, das die Schule mir zur Verfügung stellt, armeegrün, logischerweise. Baujahr mein Baujahr, so ungefähr. Aus Umeå heraus sind wir gefahren, gen Westen, abends um fünf, hoher Himmel wie immer hier, eine Abend- oder Morgensonne gibt es nicht.
Es ist plötzlich Morgen, am Morgen.
Dann ist es plötzlich Abend, am Abend.

Heute ist Vollmond und wenn wir nachhause kommen, wir beide, denn Du bist heute mein Gast, wird ein großer gelber Mond über dem Gammlia-Wald stehen, oben im Städtchen beim Campus, wo die Lehrer und Forscher so schlicht und ruhig wohnen dürfen.
Über den Storgatan sind wir aus der Stadt hinaus gefahren, immer den Fluss hinan, am schönen nordischen Stadtfriedhof vorbei, wo die Toten alle gleich wichtig oder gleich vergessen in einem Rasen liegen, unter Birken, ab und zu ein Grabstein.
„Gewiss, es gibt nur im Himmel Birken, gewiss."

Der Storgatan ist lang, er reicht bis Backen, das älteste Wohnviertel am Stadtrand, da, wo die Steinerschule zwischen hohen Föhren und Beerenhecken liegt. Holzvillen, Gartenhäuser, Boots-hütten, weiß umzäunte Blumengärten, betagte Volvos in den Einfahrten – den Backenvägen hinan, dann kommt Wald. Wir müssen ein Stück den breiten Sockenvägen entlang fahren, Feierabendverkehr, überhaupt mal ein Verkehr in dieser Fußgänger- und Radfahrerstadt, die wildesten Pilze rechts unter der Fahrbahn am Waldrand, alles außer Steinpilzen und Pfifferlingen, die ich einsammeln würde und uns zum Abendessen dünsten. Jetzt links abbiegen, die Flussböschung hinunter und gleich wieder das Gold der Birken über uns, das wilde Rot der Ebereschen. Klarerweise musste „Falun Röd", der schützende eisenhaltige Holzanstrich, der das ganze Land prägt, diese wilde rote Farbe haben.

Wir lassen uns hinunterrollen zum Wasser und steigen ab. Ruhig steht hier der Fluss in seichten Seitenarmen, zur Stadt zurück gewinnt er an Geschwindigkeit, spielt das Birkengold in Reflexen auf böiger Oberfläche hin und her. Und flussaufwärts, ich drehe mich um, beginnen die Steine. Hier springen die Lachse bis nach Sörfors hinauf, zu den Stromschnellen. Das nordische Arboretum, dem Ufer entlang Richtung Brännland angepflanzt, beginnt.

Du hättest Deine Freude.

Du hast Deine Freude.

Die arktischen Baum- und Straucharten sind hier nach ihren Herkunftsländern gesetzt. Wir fahren zunächst durch Sibirien. „Alle Russen sind Schweden", sagte Dein Vater, der alte Heinrich immer. Recht hatte er, Nordrussland wurde tatsächlich von hiesigen Menschen besiedelt. Die Blockbauweise, der aufgeständerte, nie den Boden berührende Gebäudetyp der Izba zieht sich konsequent durch. Die Rauchküche, der große „bewohnte" Ofen, hier das Eck für die Weiber und das Vieh, dort der Restraum für die Männer – und ihre Strategien.

Jetzt fahren wir durch Nordamerika, da wird's ahörnisch, beinahe künstlich verfärbt, dann nach China und Japan, mit herrlich nackten, zitronengelb bis myrtenroten Baumrinden unter sich erhaben tragenden, augenförmigen Blättern.

Amurkirsche, Vogel-, Nelken-, Traubenkirsche, Blut- und Kirschpflaume – Du sagst die lateinischen Namen der verschiedenen Sorten auf, während diese Tänzer an uns vorbeidefilieren. Prunus maackii, Prunus serrulata, Prunus padus borealis, Prunus cerasifera.

Dann kommen wir, botanisch gesehen, hier an, in Nordschweden. Ausgetanzt, die Bäume stehen wieder gewohnt still. Föhren, Kiefern, Erlen, Eschen, Birken, blutrote Schneeballsträucher den Hang hinauf zum Baggböle Herrgard, dem Herrenhaus des einstmaligen Sägewerks, dessen Flächen nun das Arboretum einnehmen darf. Wir könnten uns die steile Böschung antun, mit Schwung, uns auf die Holzterrasse setzen, unter den hohen Abendhimmel.

„Ach was", sagst Du und Deine grünen Augen blitzen gegen das Birkengold, „kein Bier gibt's hier, nur Tee – ist jemand krank?"

Also fahren wir weiter.

Bergan geht's jetzt, den inzwischen fast reißenden Fluss entlang, an roten Farmhäusern vorbei, die ihr mühsam dem Hang abgerungenes Weideland, man spürt es, vor dem dichten Föhrenwald verteidigen müssen, Jahr um Jahr.

Schwarz stehen die Angusochsen vor gewaltigen Scheunentoren. Dann begleitet unser Weg kurz die E12 – die Bundesstraßen sehen hier aus wie die in Patagonien, Straßen nach nirgendwo – und wir kommen beim alten Kavallerieposten am Brännlander Lagervägen an. Heute ein Wärdshus, das Gasthaus der Gegend, mit Haupthaus, Ställen, Truppenhütten, rot umzäuntem Garten und dem Fluss, der überall ist in seinem Rauschen.

„Hier ein Bier", sagst Du und ich stimme sofort zu.

Wir steigen ab, ich gehe hinein ins Kantinengebäude, wo einst die Rekruten versorgt wurden. Offener Eckkamin am Ende des weiten Saals, umlaufende hohe Regale, nackte Tische, Windsorstühle, das gesamte Mobiliar schwarz gealtert wie die Bodendielen, ein gemütlich abgegriffener Tresen. Zum Glück ist Freitag Abend und die blonde Bedienung hat eine Stunde länger aufgesperrt. Sonst wäre das Wärdshus erst Samstag Mittag von eins bis drei wieder offen, wie ein trockenes Schild an der Tür kommandiert.

Mit den Schweden ist nicht zu spaßen, was den Straßenverkehr und die Arbeitszeiten betrifft.

Sie schenkt mir ein. Das helle Zeunerts, am nächsten großen kristallenen Fluss hundert Kilometer südlich gebraut, schäumt in

den Glaskrug. Sie gibt mir zwei Gläser mit. Sehe ich nach zwei
Gläsern aus?

Durch den schmalen Eingangsvorbau trage ich sie hinaus in den
Garten. Geradeaus ginge es in die gute Stube. Da hat das Holz
dorische Säulen und ist weiß gestrichen, die Bänke tragen hellblaue Kissen, in Glasvitrinen steht echtes Porzellan. Ich könnte
wetten, dass Carl Larsson das gemalt hat.

Hier saßen einst die Offiziere.

Hier sitzt jetzt Du.

Dann, im rot umzäunten Garten, die prallen Beeren der Ebereschen, ihre kupferkrausen Blätterrispen. Abendwind. Wilde
Schatten galoppieren über den Tisch, über Deine Hände, auf
dem Tisch.

24. SEPTEMBER 2011, *Samstag*

Es regnet, der Vollmond hat das Wetter umgeschmissen, gut dass wir gestern am Fluss waren. Ich fahre kurz hinunter in die Stadt, in den Systembolaget, den Fusel-Supermarkt – in Schweden müssen alle Trinker in einen einzigen Laden gehen, damit sie dort sicherlich videoüberwacht und registriert werden, vor allem aber, damit sie sich untereinander kennenlernen und vor dem bösen Rest ihrer Konformismuswelt beschützen können – Wein besorgen, damit wir nicht vertrocknen hier, übers Wochenende. Einen guten Morgon gibt's da, den kauf ich in Gedanken an Jean. Über Jean müssen wir noch reden.

Und gleich nebenan im Regal finde ich einen sonnigen patagonischen Cabernet Sauvignon. „Santa Helena", na bitte – auf seinem Etikett steht: „Helena, this wine contains the essence of your innovative and rebellious spirit." Kein Spaß! Auch von Helen habe ich Dir zu erzählen. Und vielleicht ein wenig von Sylvie. Doch zunächst, wieder zurück hier, an unserem Tisch, muss ich eine neue Vorlesung für Montag Abend schreiben. Es ist ganz angenehm, dass man meine Vorträge hier in Umeå schon im Voraus auch anderswo bucht, das macht die Arbeit sinnvoller und die Lesungen besser. An den Reaktionen meiner kritischen, doch vertrauten Studenten kann ich die Logik des Aufbaus prüfen, die Kohärenz der Bilder, das Tempo, den nötigen Ernst – aber auch den nötigen Humor. Mit „Redefining Progress" werde ich im kommenden Februar nach Wien und Prag, dann nach München, vor das versammelte deutsche Entwicklungsministerium eingeladen. Wenn ich Glück habe, macht die UNESCO Anfang Mai ein ganzes Symposium daraus.

Langsam wird den Europäern bewusst, nicht ganz allein auf der Welt zu sein.

25. SEPTEMBER 2011

Der Herbst ist da und es regnet in einem Stück. Gestern Abend habe ich ein kleines Buch in die Hand genommen, das Jean mir mitgab. Ich hatte monatelang Angst gehabt, es auch nur zu öffnen. Es ist ein berührendes Buch, und es geht mich in zwei fundamentalen Bereichen an. Pierre Bergé nimmt Abschied von Yves Saint-Laurent. Er protokolliert das erste Jahr ohne ihn. Das gleiche Bedürfnis, das ich habe, mich Dir mitzuteilen, mit Dir doch noch Leben zu teilen, auch wenn Du jetzt gegangen bist.

„Abwesenheit ist genau das: das nicht mehr teilen können", schreibt Pierre Bergé. Ich war hoffnungslos am Schluchzen, muss ich gestehen. Ein Glück, dass in unserem kleinen falun-roten Lehrer-Vierkanthof keiner zuhause war. Eine große Uni-party lief am Campus ab, ich blieb hier bei Dir. Denn, wie auch Bergé am Ende dieses ersten schweren einsamen Jahres erkennt: „Auch wenn Du uns verlassen hast, so hast Du doch mich nicht verlassen."
Ich bin erschlagen heute Morgen, mein Kopf saust, Herzrasen, Kniezittern, draußen der graue Regentag, ich werde mich auf mein Armeerad schwingen und zum Sportclub fahren, da kann ich mich in die Maschinen hineinermüden, ohne weiter nach-zudenken. Denn ich habe ein großes Thema, das ich mit Dir endlich besprechen muss, und vielleicht ist heute der Tag, um es zu tun.
„Gibt es was zu feiern?", fragst Du. Du kannst einen schon zum Lachen bringen! Nein. Du wirst enttäuscht sein, entsetzt sogar, zumindest verwirrt. Und, was solls, ich spreche es jetzt aus, das Problem, das Drama, die Worte – jetzt, nicht nachher, nicht heu-te Nachmittag oder morgen.
Freie Liebe. Freie Sexualität. Begriffe, die ich nie in den Mund zu nehmen gewagt hätte, mit Dir, mit sonst wem. Nein, das ist

nicht wahr. Mit Jean kann ich darüber reden, er weiß ja alles, ist ja an allem Schuld, würde mein großer Bruder, der Besserwisser sagen.

Vor dem Fenster geht einer vorbei, kreuzt das grüne Rasenviereck diagonal, Lappenmütze, Knickerbocker, kniehohe Stulpenstiefel, mit vier Huskys an der Leine vorgeschnallt, er trainiert für die Rennschlittenfahrten im Winter. Ist das nicht herrlich surreal? – Also mit Jean, ja, da ist alles klar. Jean, der mich verführt hat mit seiner Intelligenz. Mit seinem Wartenkönnen. Gegen alle meine Prinzipien. Gegen alle meine mir bekannten Neigungen. Viel zu alt für mich noch dazu und aus einem mir ganz fremden, ganz urbanen Leben.

Mit Sylvie, seiner Frau, da wäre auch alles klar, würde es je dazu kommen, dass wir dieses Thema erörtern. Würde es je zu mehr Nähe kommen, als da schon war. Sylvie. Die mir so unerklärlich vertraut ist. Ich begegnete ihr vor einem Jahr zufällig am Pariser Flughafen, sie kam aus ihrem Patagonien angeflogen und nahm mich im Taxi mit in die Stadt. Die unnahbare, nie greifbare Sylvie Vaughan, von der man nur in den besten Literaturfeuilletons las, war in dieser übernächtigen Herrgottsfrühe komisch und glühend und vollkommen unwiderstehlich! Da war diese Nähe, unvermittelt, sie kam aus meiner Welt, aus unserer Welt, aus weiten Weiten unter hohen Himmeln, diese wilden Haare, diese fernen Augen, wie wir herumgglucksten im Fond des Taxis, wie zwei alberne Kinder! Ich hatte es gewagt und sie gefragt, kurz bevor sie mich bei Jeans Wohnung herauswarf, ob ihr meine Geschichte mit ihm etwas ausmache. Sie hatte geantwortet, spontan, ich wusste, die beiden waren verschieden wie Tag und Nacht und lebten seit Jahrzehnten eigentlich getrennte Leben, und doch blieb er ihr Mann, „aber Ted, Sie schickt doch der Himmel".

Das hatte sie gesagt.

Vielleicht hatte sie es ernst gemeint.

Würde es also nur je zu mehr Nähe mit Sylvie kommen – alles an ihr gefällt mir. Ich träume von ihr und Du weißt das. Deine Blicke vom Schaukelstuhl herüber, am Abend des Karfreitag, als wir alle in Capri bei Robert Meiselsohn auf der Veranda saßen. Du dachtest, „sie ist zwar zu alt, aber reif genug für ihn. Sie wird ihn schon wieder geradebiegen."

Diese Zeile war in Stein gemeißelt, in Deinen Augen.

Vielleicht wird es dazu kommen. Eigentlich ist es dazu schon gekommen, zumindest in meinen Träumen, und ich bin sicher, es würde halten. Doch wäre das nur möglich, so es Jean nicht trifft, ihn mir nicht entfernt, mich ihm nicht entfernt, denn ich liebe ihn. Jetzt habe ichs gesagt. Jetzt hast Du es gehört. Ich liebe ihn. Er macht mich glücklich. Er treibt mich vor sich her in seinem Anspruch, fängt mich auf in seiner Einsamkeit. Er ist mir stets voraus und erwartet mich doch.

Eroberte mich, vor drei Jahren, mit seinem Wagemut, wollte „alles" von mir und ich habe monatelang gezögert, gelitten, gebockt und am Schluss doch blind vertraut. Ich weiß, Du kannst das nicht verstehen, wirst das nicht verstehen wollen, aber heute, da Du bei mir sitzt, an diesem hellen kleinen Birkentisch, hier in der Professorenwohnung und zum Fenster raus schaust auf den Husky-Rennschlittenfahrer und ich endlich gewagt habe, das auszusprechen, muss ich Dir sagen: Liebe mit einem Mann ist der Wahnsinn!

Da muss alles stimmen, natürlich.

Da müssen sich Geist und Seele wirklich und knallhart getroffen haben. Aber dann. Man macht Sex zum reinen V-e-r-g-n-ü-g-e-n. Stell Dir das vor! Keine Schmeicheleien, keine Avancen, kein bescheuertes ins Kino und zum Essen einladen, kein Protokoll, das einzuhalten, zu erfüllen ist, keine blöden Fragen nach bist Du verheiratet, hast Du Kinder, lebt Deine Mutter noch, wo wohnt Deine Familie, was planst Du für die Zukunft?

Man macht Sex und basta!

Und da ist jemand, der konzentriert sich auf Dich, der liebt Deine Gestalt, Dein Haar, Deine Schultern und so weiter, ich erspare Dir die Details, aber, und das ist der Unterschied, ohne Gegenleistung, ohne Erwartungshaltung. Das macht Dich so verrückt, dass Du alles gibst in Gedanken, schon lange davor, noch lange danach, weil Du weißt, dass nichts erwartet wird.

Habe ich mich klar ausgedrückt?
Ist mir nicht leicht gefallen und jetzt muss ich erst mal ein Zeunerts aufmachen – halb zwölf, kann man schon eins trinken – und uns ein paar Wasa-Kräcker dazu aus der runden Packung schälen.
Denk an die interessanten Damen in Deiner Friedhofskirche. Die waren alle enttäuscht, mehr oder weniger, nicht? Wie viele Geburtstagsblumen, Weihnachtsessen, kleine Wochenendausflüge hast Du investiert? War das nicht endlos mühsam, die Übersicht zu behalten, die alten nicht ganz abzuschieben und doch frisch und brillant zu sein, für die neueren?
Mit einem Mann, mein Lieber, und ich werd Dich noch überzeugen, ist das anders. Entweder es geht von selbst oder es geht gar nicht weiter. Keiner erwartet, geheiratet und abgesichert zu werden. Mit Jean denke ich zuerst und ständig an Sex. Und dann an Ziele und Ideen, die uns gemeinsame Zeit ermöglichen. Also es läuft genau umgekehrt. Und ich muss Dir sagen, endlich läuft es auch mit den Frauen umgekehrt!
Mit Helens Mutter, ich musste es Dir wohl nachmachen, dachte ich an große Ideale, große Zukunft, große Familie. Alles Scheiße. (Außer Helen natürlich, meine kleine verrückte Helen, die schon mit siebzehn ein ganzer Mensch ist, *Helena, this wine contains the essence of your innovative and rebellious spirit.*)
Mit Sylvie denke ich zuerst und ständig und beinahe ausschließlich an Sex.
Würde der nur mal vorbeikommen!
Ich würde sterben, dabei.
Dann könnte ich Dir endlich wirklich Gesellschaft leisten –

Jetzt lachst Du. Ich hab's also geschafft, Du kannst über mich lachen.
Du kannst darüber lachen.

30. SEPTEMBER 2011

Es ist schon ein paar Tage her, aber ich kam in der Zwischenzeit einfach nicht zum Schreiben. Ich kam zu gar nichts, nicht einmal zum Atmen.

Sie saß einfach da, im großen Amphitheater, am Montag Abend. Sie saß neben der blonden Dame mit der roten Brille, in der letzten Reihe. Die Studenten ließen drei Reihen Respektabstand, aber nicht vor der großen Sylvie Vaughan, die hatte man hier oben bestimmt noch nie gelesen, sondern wohl eher vor der blonden Dame mit der roten Brille, Lena Johansson, die Kanzlerin der gesamten Universität, Herrin über 40.000 Studenten und 5.000 Mitarbeiter. Sie war nur einmal, zur Eröffnung des Gebäudes vor ein paar Monaten, für eine halbe Stunde hier herunter in die Architekturschule am Fluss gekommen. Man kannte sie sonst von der Uni-Homepage und aus internationalen Medien. Sie hatte vor ihrer Berufung hierher als renommierte Mikrobiologin jahrelang den nationalen Wissenschaftsfonds aufgebaut und zu einer Instanz gemacht. Beachtlich. Da saßen also diese beiden Ladies in meiner letzten Reihe. Die Drittjährlinge und die Masterstudenten, die waren ja nicht mehr ganz naiv, drehten sich ständig zu ihnen um, und auch die Jüngeren, die brav vorne saßen, bekamen von der Unruhe mit, es wurde durch die Reihen getuschelt. Egal.
„Redefining Progress" ging jetzt los.
Es lief gut. Sogar wie geschmiert. Ich sprach leise erst, schmiss die schönen alten Avantgarde-Fotos an die Wand, in Historikermanier, um sie dann mit herrlich gleichauf radikalen aktuellen Projekten in Indien, Afrika oder Südamerika zu fluten. Ein Paradigmenwandel unseres Wertesystems zeichnete sich ab. Ich zog den Bogen der großen Innovationen der Reformarchitektur von vor hundert Jahren nach, als die westliche Welt die Wandlung

zur Industriegesellschaft vollzog und man Arbeit und Arbeitsvorgänge mechanisierte, im Maßstab von groß nach klein geordnet, also: Stadtgrün, Stadtkrone, Hallenbauten, Siedlung, Kommender Garten, das wachsende, vorgefertigte Haus.

Dann paarte ich sie mit frischen Realisierungen einer Architektur der Einfachheit, meist aus den radikal sich neu definierenden Schwellenländern. Auf der Riesenprojektionswand sahen die Bilderpaare, die ein Jahrhundert und teils eine Erdumrundung trennten, selbst-verständlich aus und aus den hinteren oberen Reihen, wo die saßen, die meine „Kommende Märkte, treffende Lösungen"-Philosophie schon auswendig kannten, kam jetzt Szenenapplaus. Denn hier manifestierten sich Parallelen, Lösungen, die auch heute, im erneuten Umbruch zu einer Wissens- und Kommunikationsgesellschaft, die nicht mehr Arbeit mechanisieren, sondern einen Globus erhalten musste, galten. Wurden offensichtlich, jederzeit nachvollziehbar – wie die schönen Momente in der Mathematik, wenn ein Beweis gelingt. Und dann Stille herrscht. Kein Widerspruch möglich ist.

Noch ein paar Minuten und im Auditorium war eine Stimmung wie bei den Rocksessions der Schulband. Redefining Progress. Als meine Reformanalogien zu Ende waren, stellte ich brennende globale Fragen, die auf neue Reformantworten warten: Integration und *Civicity*, Bürgersinn? Migration und Mobilität? Menschenwürde und Selbstverantwortung? Wie können wir steife Normenkorsette und Konformismen, wie die herrschende Standardbesessenheit, den Konsumwahn, das Diktat des Technokratismus überwinden? Wie können wir durch sachteste Eingriffe, durch Hilfe zur Selbsthilfe wirken? Wo müssen wir als kreativwütige Architekten und Planer lernen, „nein" zu sagen? Denn wie oft ist Bauen allein nicht genug, oder sogar zuviel?

Und dann, als frühe Antworten aus einer nahen Vergangenheit, las ich noch aus zwei Büchern vor, die nicht hundert, sondern erst vierzig Jahre alt waren, also eine visionäre Brücke bauten zum Heute, zum neu zu formulierenden Begriff von Fortschritt.

Seit der internationalen Finanzkrise vor drei, vier Jahren, die die smarten Schönwäscher einer verlogenen Weltsozialordnung bloßgestellt hatte, wurden diese Pioniere angehört, nachgelesen, nachgedacht, endlich ernst genommen. Im Lesen kam der gelebte soziale Auftrag von Architektur meist am besten zur Geltung. Die Kollegen hatten gewagt, gekämpft, gehofft, sich selber Mut gemacht. Und das aufgeschrieben. Oft überlebten zwei drei Textseiten die Atlantikwinde oder Monsunregen besser als die Gebäude.

Bevor ich also diese Endzitate las, spielte ich die Fotos der beiden Pioniere ein, die ich vorstellen wollte.

Ein Ägypter im englischen Maßanzug.

Ein englischer Quäker im indischen Kurtahemd.

Das allein war eine ganze Geschichte, einen ganzen Abend wert.

Dazu wiederholte ich, nochmals, zum hundertsten Mal, die Dreieinigkeit im Verständnis von Architektur, die ich in meiner Lehre anstrebte: Körper, also die logische – und doch sinnliche Konstruktion des Raums, dann Geist, ihre historische, kulturelle, theoretische Reflexion und schließlich Psyche: ihr sozialer, ihr gesellschaftspolitischer Auftrag.

Jetzt las ich vor. Aus Hassan Fathys „Mit dem Volk bauen".

Der war vielleicht dem einen oder anderen hier schon ein Begriff. Fathy ging es um einen ganzheitlichen Ansatz der Architektur: Fortschritt war, die wirtschaftliche und soziale Situation der einfachen Bevölkerung zu verbessern.

„Gäbe man mir eine Million Pfund, ich baute eine Siedlung, in der die Landarbeiter ihren Lebenstraum leben könnten."

Fortschritt war auch, durch angemessenes Gestalten dauerhafte Schönheit zu schaffen.

„Unsere Entwürfe müssen die bescheidenen Alltagsbedürfnisse der Menschen erfüllen; gestalten wir sie den Materialien, der Umgebung und den täglichen Aufgaben treu, sind sie ganz selbstverständlich auch schön."

Ich spielte ein paar Fotos dazwischen, die ich letztes Jahr aufge-

nommen hatte, als die UNESCO die Revitalisierungsmaßnahmen seiner Siedlungsbauten in New Gourna bei Luxor begann:
„Die Siedlung in New Gourna konnte ihren Zweck nur erfüllen, wenn wir wussten, welche Erwartungen und Bedürfnisse tatsächlich bestanden. Wir mussten also das Alltagsleben der Gournis verstehen lernen und erforschen, viel genauer, als sie selbst es je erforscht hätten. Wir mussten tiefer gehen als ihr Sozialgefüge und ihre Gewohnheiten zu beschreiben. Ihr Wirtschaftsleben und ihr Selbsterhaltungswille waren zu untersuchen. Auch wenn unser Auftrag nur darin bestand, einen Siedlungsplan zu erstellen, konnten wir doch das Studium ihrer Gewohnheiten und Talente nicht übergehen. Wie Nutzer ihren Lebensunterhalt bestreiten, bestimmt die Gestaltung ihres Wohnraums und den Bedarf an öffentlichen Bauten, öffentlichem Freiraum und landwirtschaftlichen Flächen."
Fortschritt war also, in Zusammenhängen zu denken und über die eigene Disziplin hinaus. Auch Verantwortung zu übernehmen. Politische. Gesellschaftliche. Menschliche.
„Für mich war New Gourna kein einmaliger Auftrag, sondern ein erster Schritt zur Erneuerung der ägyptischen Siedlungsfrage durch die Verbesserung und Revitalisierung bestehender Dorfstrukturen."

Dann kam Laurie Baker's „Mud", also „Schlamm" dran. Laurie Baker, ein aufgeklärter Europäer, der sich das Verständnis und die zeitgemäße Anwendung indischer Kultur zur Lebensaufgabe gemacht hatte, war in Europa noch vollkommen unbekannt. Und „Mud" war der Beweis, dass sich staubtrockener englischer Humor mit tiefen indischen Erd-Traditionen bestens vereint:
„Allein der Umstand, dass Sie dieses Buch in die Hand genommen und geöffnet haben zeigt, dass Sie sich zumindest gefragt haben, wie jemand ernsthaft ein Buch über ein Thema wie Erde, Schlamm, also: Dreck schreiben kann."
Fortschritt war für ihn zunächst: Bildung!
„Die Tatsache, dass Sie ein Buch in englischer Sprache lesen, lässt darauf schließen, dass Sie in einer ‚zivilisierten' Umgebung

leben und erzogen wurden. Nun, ohne über die Sinnhaftigkeit und den Wahrheitsgehalt von Statistiken streiten zu wollen, ist es doch eine Tatsache, dass in unserem Land, Indien, ungefähr zwanzig bis dreißig Millionen Familien weit entfernt von Ihrem Lebensstandard leben und nicht im Entferntesten ein Haus haben, das sich als solches bezeichnen ließe: weder als Haus noch als zuhause – nicht einmal als Hütte."

Fortschritt wäre also: ein Haus für jedermann:

„Bedauerlicherweise ist es heutzutage in Mode anzunehmen, dass man ‚ordentlich' und ‚befriedigend' nur mit Beton, Zementziegeln oder gebrannten Ziegeln bauen könne. Ebenso bedauerlich ist es, dass Stahl und Beton sehr energieintensiv hergestellt werden und dass eine unvorstellbare Energie – also Öl – notwendig ist, um diese sogenannt lebenswichtigen Baumaterialien herzustellen. Weiters haben wir nicht wirklich genug lokal hergestellten Beton und müssen ihn in großen Mengen importieren. Die Ziegel, die ja aus Erde, Schlamm, Dreck gemacht sind, brennen wir zu Klinkern. Und wir verbrauchen dazu wertvolles Holz …

Um ein gewöhnliches Haus zu bauen, fällen wir für seine gebrannten Ziegel also drei große Bäume und verbrennen sie, um die Ziegelöfen zu heizen. Doch wir wissen, oder wir sollten wissen, dass wir durch unseren maßlosen Holzkonsum weit von einer nachhaltigen Waldwirtschaft entfent sind, die ihren Bestand kontinuierlich ersetzen und großziehen sollte. Einer der Gründe für die zunehmenden Sturmfluten und Überschwemmungen. Ebenso wie wir also die Verarbeitung teuer importierter Materialien vermeiden sollten, sollten wir Bauelemente vermeiden, die durch ihren Herstellungsprozess natürliche Bestände erschöpfen – nicht nur Zement, Stahl und Stahlbeton, gebrannter Ziegel und Holz, sondern auch Glas, Aluminium, Asbest, galvanisiertes Metall und so weiter."

Fortschritt wäre, Erdbauten, „Arme-Leute-Hütten", die aus vorhandenem Material zu niedrigen Kosten gebaut werden können, durch zeitgemäßes Design salonfähig zu machen:

„Unser aufstrebendes Bürgertum verwendet keinen Lehmbau. Ebensowenig wie die Regierung. Und es gibt viele Gründe dafür. Man arbeitet ungern mit den eigenen Händen, heutzutage. Man bezahlt andere, um für einen zu bauen und zu buckeln. Und man ist klassenbewusst! Lehmbau wird in den Köpfen der Leute mit ,Armut', ,den Armen' gleichgesetzt. Mit Kuhställen und Schweinehütten, mit ,Entwicklungsplänen', mit ,Eingeborenen' und so weiter. ,Wer wird schon meine Tochter heiraten, wenn ich in einem Haus aus Dreck wohne?'"

Hier ließ ich ein paar von Bakers verrückten, geradezu spirituellen Raumwelten über die Leinwand huschen. Die entwuchsen ganz dem Ort und waren doch so absolut! So total abgehoben. Häuser leicht wie Schmetterlinge. Wände wie Wälder, wie Wellen, wie Wasserfälle.

Ein Augenzwinkern lang sah ich Helens grüne Augen auf der Leinwand, wie sie lachten, wunderlich.

Fortschritt wäre also für Baker: sich wieder die Hände schmutzig machen, aktiv am Hausbau teilnehmen, seine Freude daran haben:

„Legen Sie einfach los und probieren Sie den Lehm aus, arbeiten Sie mit ihm, haben Sie Spass an ihm und vergessen Sie das Vorurteil, er sei nur für die Armen vom Land! Wenn Ihr Lehmhaus sauber und präzise bis ins Detail ausgeführt ist, kann es wie ein 5-Sterne-Hotel aussehen!"

Pause.

Jetzt kam noch die Gebrauchsanleitung. Ich zeigte die Handzeichnungen seines liebevoll illustrierten Schlammbau-Manuals, man wollte gleich losprobieren: Bauen mit ,Cob', also Lehm, mit ,Pisé', gestampftem Lehm, mit ,Adobe', sonnengetrockneten Lehmziegeln, mit mechanisch geformten Lehmziegeln und schließlich mit Fachwerk aus ,Wattle&Daub', aus Bambus und lehmverfugten Naturtexturen.

Ich war fertig mit meinen Pionieren eines anderen Fortschritts und holte die zwei Portraits zurück auf die Leinwand.

Ein Ägypter im englischen Maßanzug.
Ein englischer Quäker im indischen Kurtahemd.
„Wir sind also mitten darin", sagte ich abschließend.
„Redefining Progress."
Schluss.

Die beiden alten Herren schauten von der Riesenleinwand in den Raum, die Stufen des Amphitheaters hinauf. Keiner rührte sich.
Lena Johansson, die Kanzlerin stand auf.
Sylvie Vaughan stand auf.
Alle anderen standen auf. Wir blieben alle stehen und schauten Hassan Fathy und Laurie Baker in die Augen. Die jüngeren Studenten in den ersten Reihen wussten nicht, was tun und drehten sich ratlos nach hinten um. Hatte man nicht zu klopfen oder zu applaudieren, nach einer Vorlesung?

Doch von den oberen Rängen her kam eine wellenförmige Bewegung in Gang, Reihe nach Reihe setzten die Studenten sich wieder, denn Lena Johansson sagte etwas.
„Guten Abend", und warum hier nicht alle vom Art Campus säßen? Die Kunst- und die Designstudenten von nebenan, wo waren die? Müsse das ewig so weiter gehen, dass man nicht interdisziplinär gemeinsam denke, gemeinsam Fragen stelle, gemeinsam Antworten suche? Warum die Soziologen nicht hier wären, die Humangeografen, die Kulturökonomen? Die Ingenieure? Sie selbst sei ja nur eine arme Biologin, käme aus den Bereichen der Energielehre und der Thermodynamik, doch auch sie habe einige Zusammenhänge begriffen, in der letzten Stunde hier. Und sicher auch ihr Gast, Sylvie Vaughan, man müsse sie ja wohl nicht vorstellen, die schon heute angekommen sei, eine Ehre für diesen Ort hoch im Norden und seine Universität, bevor sie am Donnerstag Abend den Astrid-Lindgren-Gedächtnis-Preis für ihre Jugendbücher entgegennehmen würde. „Indianersommer", „Tigerauge", die Kurzgeschichten.
Und während ein bestätigendes Raunen zwischen den Studenten

folgte, lud Lena Johansson alle ein, in die Aula Nordica, Donnerstag neunzehn Uhr, und endete trocken, wie hier üblich mit „Trevlig kväll önskar jag", schönen Abend dann.

Sie applaudierte kurz zu mir herunter, dann länger zu Sylvie gewandt.

Die Studenten mit.

Der Abend war gelaufen.

2. OKTOBER 2011

Strahlender Sonntagmorgen draußen, in meinem Vierkanthof steht der hohe blaue Himmel und die junge Birke im Rasengeviert reckt ihre drei Kronenzweige hinein. Ein senkrechter Himmel. Nach oben hin endlos.

Drei Kronenzweige. Drei Zweige, die sich nur in je einem Punkt berühren. Und sich so nicht wehtun, nicht am Wachsen hindern. Sich so gut tun.

Vielleicht ist es möglich, das zu leben? Ich werde unseren Fluss hinauf fahren und Dich ins Brännlands Wärdshüs auf einen Braten mit Kartoffelrösti einladen, zwar nicht ganz so krösch wie Kartoffelpuffer bei uns zuhaus, aber einmal die Woche ein warmes Essen muss sein.

Ich weiß, Du bist jetzt neugierig und ich werd Dir erzählen, soviel ich kann, so viel Du hören willst. Ich muss ja selbst erst noch die Gedanken ordnen.

Oder etwa nicht?

Nein, eher nicht. Überhaupt nicht. Bloß nicht ordnen, bloß nicht einsortieren und ablegen, einfach so erinnern, wie sie kommen, wenn wir jetzt losfahren, runter in die Stadt, am Kirchpark, am Stora Hotel, am alten Zollhaus vorbei und das Ufer entlang flussaufwärts. Diesmal direkt am Fluss entlang, nicht in weiter Kurve über den Backenvägen, ja, da staunst Du, den Weg hatte ich ja in Monaten nicht ausgemacht, ich Depp, und es musste erst eine patagonische Landfrau anreisen, die ihn auf Anhieb fand und mit mir ging. Und damit Du mich nicht die ganze Strecke über von hinten löcherst, sondern das Gold der Birken und das Himmelblau dieses Himmels genießt, geb ich schon einmal soviel preis: Der Abend in der Uni war gelaufen, ja, doch als ich die Stufen des Amphitheaters hinauf gelangte, nach ein paar eifrigen Studentenfragen und ein paar Hinweisen zu weiterführender Bibliographie, waren die Damen verschwunden. Ich war verblüfft.

Oder enttäuscht. Oder total irr vor Aufregung.

Da stand ich in der inzwischen halb abgedunkelten Eingangshalle und fühlte mich wie ein vergessener Hund vor dem Einkaufsladen.

Sei's drum, ich riss mich zusammen und ging durch die doppelte Glasschleuse in den Lehrertrakt, meine Jacke, die Kappe und die Fahrradschlüssel holen, den Laptop schließen und das Licht ausmachen.

Unter dem Laptop, an der rechten vorderen Ecke, steckte ein umschlaggroß gefaltetes Blatt. Briefpapier des Stora Hotels, dem Hotel in der Stadtmitte beim alten Zollhaus, in dem ich die ersten Monate hier untergebracht war, bevor die Uni mir die kleine Wohnung oben beim Gammlia-Wald zur Verfügung stellen konnte. Eine alte, nicht beglichene Zimmerrechnung? Einladung zum Sonntagsbrunch mit Jazzmusik, wo ich sowieso nie hinging? Eine von der Verwaltung zurückgeschmetterte Spesenquittung? Doch, wen hatte ich je eingeladen hier?

Wenn, auf ein zwei Bier lud mich Piet, mein Dekan ein, „um den Mönch aus der Kartause zu holen", wie er dann sagte. Piet war zwar ein Hansdampf in allen Architekturgassen und ein wenighaltender Vielversprecher, aber großzügig. Und eigentlich vollkommen allein. In der totalen Menschenleere hier oben fast am Nordpol war er mir der einzige, rare Gesprächspartner.

Nein. Keine Zimmerrechnung. Keine Spesenquittung. Nichts von alledem. Ich öffnete das zweimal gefaltete Blatt und da stand:
2. Stock # 49

Jetzt sind wir zurück. Kein Wort haben wir über Sylvie verloren. Du bist schon ein Gentleman, muss ich sagen. Hast mich ganz meinen Erinnerungen überlassen, nicht mal im Arboretum hast Du ständig dazwischengequatscht mit Deinen lateinischen Namen. Dafür hatte ich Dich auch vorher eine gute halbe Stunde mit Architekturgeschichte geplagt, wahrscheinlich hatte es Dir die Sprache verschlagen.

Die spätromanische Backener Kirche am Weg flussaufwärts, von der hatte ich schon gelesen, lange bevor ich hierher kam und in die musste ich einfach mit Dir gehen.

Ein Orgelspieler spielte.

Weiß getünchte Kreuzgewölbe, hellblaue Glasfenster. Ich zündete eine Kerze an und Du sagtest:

„Schönen Dank auch."

Draußen neben der Kirche stand ein beinahe quadratischer, sich nach oben verjüngender hölzerner Uhrenturm – drei addierte Volumen, ein Kubus, ein weiterer Kubus, eine Pyramide, dann eine senkrechte Himmelsspitze, fertig.

Diesen Uhrenturm musste ich lange anschauen. Du hattest halt heute mit mir Geduld zu haben, ich war noch nicht ganz so schnell unterwegs wie sonst. Er erinnerte mich an Venedig, an die Biennale vor drei Jahren, an die schwimmende hölzerne Vogelwarte meiner Studenten.

An Jean. Den französischen Staatssekretär, Entwicklungsministerium, aus einer mir völlig fremden Welt, und seine erste, echte Begeisterung für meine Arbeit.

Da, am nächtlichen Quai vor dem Arsenale, hatte eigentlich alles begonnen.

Mir war klar, er war ein Mann und das war schon grundsätzlich für mich uninteressant. Doch ich bewunderte ihn, bewunderte seinen institutionellen Einsatz für eine Neudefinition von Architektur als politische Entwicklungskraft. Ein Einzelkämpfer, bedacht, radikal, unbeirrbar! Eine elegante Gestalt durch und durch.

Ich wusste, wir waren Gegensätze, vollkommen anders und ich wusste doch, wir waren vollkommen gleich.

In jener Nacht, als wir lange mit den Studenten und Kollegen an der Riva dei Sette Martiri auf Palettenstapeln saßen und aus Korbflaschen den offenen Piavewein tranken, wurde Jean so jung und fröhlich, wie er vielleicht nie zuvor in seinem starr geordneten Pariser Leben gewesen war.

Als die Journalisten und die erstaunten Mitarbeiter seines Kabinetts gegangen waren, sprach er von sich und, zum ersten Mal, von seiner Frau.

Sylvie. Naturgeist, Seelenhafen, sein einziger Freund. Das waren die Worte. Er erzählte, wie sie früh begonnen hatten, getrennte Leben zu leben, nämlich als Jean sich seiner Neigung zu Männern bewusst wurde. Sie hatte das zur Kenntnis genommen. Sie hatte warten können, war sich selbst genug. Sie war immer da gewesen, wenn er ausgenutzt und in Gefahr gebracht worden war. Seine letzte Liaison mit diesem venezianischen Aristokraten hatte ihn der Selbstaufgabe nahe gebracht, ihn beinahe unwiederbringlich die Gesundheit gekostet.

Sie hatte ihn aufgefangen. Nicht täglich, natürlich. Sie zog dem Frühling nach, verbrachte den Großteil des Jahres schreibend auf der patagonischen Insel ihrer früh verstorbenen Eltern, keiner sei je da gewesen, sagte er, nicht einmal er, „vermintes Land", wie man in der Presse lesen könne. Die restliche Zeit aber war sie in Paris, ihm nahe, oder reiste ihren Lesungen nach.

Und auch sie war nicht immer allein geblieben. Einige Flirts waren ihm entgangen, so oft schaute er doch nicht im Editeurs zum Aperitif vorbei, doch der alte Isaac Loewemann, der letzte „Mandarin" und respektable Regisseur, der war nicht zu übersehen gewesen. Welch eine Gefahr, dieser Kerl! Jean hatte das nicht kommentiert, hatte abgewartet, drei Jahre waren vergangen und dieser Egomane hatte Sylvie rücksichtslos ausgesogen. Um über Monate seine monumentale Autobiografie zu redigieren, hatte sie selbst aufgehört zu schreiben! Dann, Gott sei Dank, als der Weinkeller leer war und Loewemanns Buch erschienen, kam eine wirklich Dumme, aber wirklich Reiche vorbei.

„Seither ist Sylvie befreit", hatte Jean gesagt. Das klang sehnsüchtig. Er sehnte sich wohl nach der Freiheit, die sie schon lebte.

Es war dann kühl geworden am Quai. Ich hatte den Arm um seine Schultern gelegt, weil wir inzwischen ganz allein da sassen. Wir hatten aufgehört zu sprechen und zugesehen, wie gegenüber auf der Giudeccainsel die Lichter ausgingen.
An diesem Abend begann ich ihn zu lieben.
Er würde mir gut tun. Ich würde ihm gut tun, vielleicht.
Trotz all der Welten, die uns trennten.

Du hattest Dich vor die Kirche gesetzt, in der Zwischenzeit meiner Gedanken, und wartetest geduldig.
Den Hang hinan vor dieser Kirche, zwischen Kyrk- und Klockarvägen, also in der schon im frühen XVI. Jahrhundert, gleich nach Einführung des Protestantismus vom Wasakönig Gustav I. mutig gegründeten Kirchenstadt, war Umeå in seiner Urform erhalten. Jahrhundertealte hellgelbe Bürgerhäuser, in weiße Lesenen gefasst, zwischen Werkstätten, Remisen, Lagerhallen gefügt und von Birken umrahmt, machten mehr Stadtgefühl als die drei Hochhäuser aus den 1960er-Jahren, ein paar Kilometer flussabwärts. Hier hatten die mächtigen Waldbesitzer- und Händlerfamilien gelebt, die ihre Stämme im Frühjahr den Umeälv, den „Donnernden" hinunterflößen ließen. Bis hierher war der Fluss schiffbar gewesen und die Macht und Gewalt seiner Wasser war unvergleichlich spürbarer als flussabwärts im großen Becken, vor der heutigen Stadtmitte.

Ein Rauschen und Zischen war in der Luft, selbst jetzt, im ruhigen Herbst.

In diesem ersten Herbst, als Du, Janusch, schon gestorben warst.

Sylvie hatte mir zu Deinem Tod einen Satz von Mascha Kaléko geschrieben, den konnte ich ich erst jetzt verstehen.

„Den eigenen Tod, den stirbt man nur, doch mit dem Tod der anderen muss man leben."

Ja, der Tod ist größer als das Leben, denn er ist ohne Ende.

Als es dunkel wird

Du sitzt in meiner Wohnung auf dem roten Wollsofa, trinkst Dein Glas Morgon und schaust mich an.

„Also?", sagen Deine grünen Augen. Gar nicht weich sind die, erkenne ich jetzt, denn alles väterlich Gütige ist einem kumpelhaft Spitzbübischen gewichen. Du willst also mehr hören als Architektur- und Jean-Geschichten. Na dann.

Ich kam ins Hotel, am Montag Abend.

„Hej", sagte ich beiläufig.

Die mollige Anika an der Rezeption sagte „Hej, Ted" zurück und schaute kaum auf. Ich hatte so lange Monate hier zum Inventar gehört, dass sie unbeirrt weiter im Internet surfte oder ihre Mails beantwortete. Ich ging die Treppe hinauf, der Lift hätte mich in gefährliche Nähe zum Counter gebracht und Anika hätte lustig gefragt: „Noch einen Roten, zum Einschlafen?"

Den ganzen letzten Winter über hatte sie mich mit ihren kleinen sündteuren Rotweinfläschchen vor dem sicheren Erfrieren gerettet. Denn nur eine Rezeptionistin durfte in Schweden Drinks ausgeben, keine hundsnormale Minibar – mit dem Alkohol war nicht zu spaßen hier, eben so wenig wie mit dem Straßenverkehr, dem Privatleben und den Arbeitszeiten.

Die Treppe hinauf also, in den ersten Stock, wo ich immer ein Zimmer auf die Nordseite zum Storgatan wert gewesen war. Nun eine Treppe mehr, in der Belle Etage angekommen waren die Gänge höher, die Zimmer 41 bis 49 lagen im Westflügel, beste Adresse mit garantiertem Blick auf den Fluss. Tatsächlich, ich klopfte am Ende des Ganges bei der Nummer 49 und die Tür ging durch das Klopfen von selber auf. Kein Zimmer, eine Suite breitete sich vor mir aus, zwei Sessel und ein Teetisch und ein Schreibtisch mit Lederstuhl, eine kleine Anrichte und der Blick durchs Fenster auf den Fluss. Der abnehmende Mond stand links im Flussbild, er war gerade eben aufgegangen.

Da sich nichts im Zimmer rührte, schloss ich die Tür mit der Schulter. Ich legte den Kopf kurz an, dehnte den Nacken. Eigentlich war ich erschlagen, vor Aufregung.

Und immer noch war Stille im Raum, ich schaute weiter, ging weiter nach rechts, durch einen Mauerbogen in ein Schlafzimmer, unberührtes Bett, bis in ein Bad, Badewanne, Dusche, flauschige Bademäntel, alles da. Nur keine Menschenseele. Zurück ins Schlafzimmer also, ich setzte mich auf den Sessel im Erker neben dem Kopfende, zog die Jacke und die Kappe aus, legte die Beine aufs Fensterbrett und wartete. Der Mond kam gerade in meinen Fensterrahmen gewandert, es musste nach acht Uhr sein. Und während ich nachrechnete, wann die Vorlesung begonnen hatte und wann geendet und wie viel Zeit ich mit den Studenten herumgestanden und wie lang ich mit dem Rad bis hierher gebraucht hatte und warum Sylvie die Tür hatte offen stehen lassen und wo sie war, war ich eingeschlafen.

Ich erwachte an etwas, das auf meinem linken Auge lag.
Sonst keine Berührung. Das, was da auf meinem Auge lag, war lebendig, es bewegte sich, wie die Marienkäferchen in den durchlöcherten Schachteln, die wir als Kinder gebaut hatten.
Etwas krabbelte auf meinem Augenlid.
Wimpern, sich öffnende und schließende Wimpern, das konnte es sein.
„Augchen auf Augchen, mein Jungchen" – natürlich musste ich sofort an Dich denken.
Ein Schauer ging durch meinen ganzen Körper, mir war plötzlich eiskalt. Ohne die Augen zu öffnen, kippte ich meinen Kopf zurück. Die Marienkäfer ließen meine Augenhöhle los. Keine Bewegung. Totale Stille.
Ich atmete ein, den Duft weißer Blüten an sonnentrockenem Mauerwerk. Der Duft aus dem Taxi vor einem Jahr, auf dem endlosen Weg vom morgenfrühen Flughafen bis ins Herz von Paris.
Der Duft, der mich rasend machte: Sylvie.
Dann nichts als eine leichte Drehung nach links.

Ich fand ihren Mund.

Mein Mund fand ihren Mund.

Er tastete ihn ab, verglich ihn mit dem Mund in meinen Tag- und Nachtträumen. Ihre Lippen öffneten sich. Und dann, gleich, überwältigend, liebten wir uns, haltlos, maßlos, respektlos, fassungslos, endlos in diesem Kuss. Wäre mir nicht noch immer eiskalt gewesen, dann wäre ich in diesen langen Sekunden ohne irgendein Zutun gekommen und hätte mich danach glücklich aus dem Fenster gestürzt, um in die Nacht und den Mond zu fliegen. Und dann wäre auch dieser Traum vorbei gewesen und ich wäre erwacht.

Aber dies war kein Traum, anscheinend, denn Sylvie sagte jetzt: „Engel müssen gut essen, im Herbst, wenn der Winter naht, damit ihnen warm bleibt."

Wir hörten auf mit dem Kuss und sie zog mich hoch, im Stehen sah ich durch den Mauerbogen auf einen gedeckten Serviertisch, drüben im kleinen Salon. Es roch nach Rindsfilets und Rotweinsauce. Wo hatte sie die hier gefunden? In diesem Haus gab es kein Restaurant, abends höchstens einen Lachstoast oder eine Suppe, und das nur, wenn die an der Reception einen mochten. Eine Flasche „Santa Helena" stand da, ich erkannte das Etikett mit der Federzeichnung von weitem, so ein Zufall, zwei Gläser waren schon eingeschenkt.

„Und Engel könnten auch an die Lebenden denken, ab und zu", fügte sie hinzu. Ihre Stimme war leicht gebrochen. Ich schaute sie jetzt an, das erste Mal seit dem Karfreitag, als wir mit Dir auf Robert Meiselsohns Terrasse gesessen hatten, und überhaupt das allererste Mal ganz aus der Nähe. Sie hatte ihre durchscheinende Haut aus Zeichenpapier, die, die erschien, wenn sie müde war, wie damals im Taxi durch Paris, nach ihrem Nachtflug aus Patagonien. Da waren unsichere, etwa verweinte? Höhlen unter den Augen. Kleine senkrechte, skeptische Linien um den Mund. Oh nein! Sie würde doch nicht an mir zweifeln?

Sie hatte doch nicht an mir gezweifelt?

Und war deshalb hierher gekommen, an den nördlichen Polarkreis, hatte die Preisverleihung und Lena Johansson und alles weitere arrangiert, um mich endlich zu gewinnen?

Ich hatte sie vergessen, das war wahr. Ich hatte nur an Dich gedacht, seit Deinem Tod.
Verzweiflung, Wut, Trauer, Sprachlosigkeit. Ich hatte mich denen voll hingegeben. An meine Helen hatte ich auch gedacht, natürlich, die noch eine Trauer mehr zu verwinden hatte, nach dem grausamen Tod ihrer Mutter. Ebenso an Robert Meiselsohn, der allein geblieben war. Und an Jean, der jetzt Verständnis haben musste und auf mich warten.
Doch an Sylvie?
Hatte ich mich gefragt, was sie fühlte, nach unserer unerklärlich vertrauten, kindisch durchgluckstem Fahrt im Taxi?
Nach den Tagen in Patagonien im vergangenen Winter dann, als Helens Mutter, meine ehemalige Frau, die mich vor Jahren verlassen hatte, verunfallt war und Sylvie das Kind spontan und ungefragt bei sich aufnahm?
Ich war ein Egoist. Ein Widerling.
Die Knie wurden mir weich vor Ärger über mich selbst, und das machte sich gut, da wir gerade neben dem Bett standen und ich drückte sie hinunter und warf mich auf sie und riss ihr die schwarze Bluse und die weiten Flanellhosen vom Leib und alles, was sonst noch darunter war, und ich nahm sie mit einer Verzweiflung und Wut und Trauer und Sprachlosigkeit, dass sie mich dafür nur sofort verlassen oder endlos lieben könnte.
Sie gab sich hin, ohne irgendein Abwarten, als hätte sie diese Szene schon oft im Kopf geprobt.
Das machte mir wieder Mut. Wenigstens dazu war ich Widerling noch fähig. Schluss jetzt also mit Trauer und Verzweiflung, bitte! Du warst zwar gestorben, doch sie war noch am Leben, tut mir leid. Und anscheinend war sie lieber am Leben mit mir.

Es blieben die Wut und die Sprachlosigkeit. Die herrschten noch zwischen uns. Die Wut der Unsicherheit, die Sprachlosigkeit der

Einsamkeit. Ich nahm sie in die Arme, von hinten, öffnete die Bettdecken, wickelte sie in die frischen Leintücher und hielt sie einfach fest. Sie begann leise zu weinen, sie litt unter mir – sie hatte unter mir gelitten und mich doch nicht aufgegeben.

Ihr Körper zuckte nach, ich spürte sie wie von fern, wie ein Wetterleuchten, die Bewegungen nahmen langsam ab, gingen in ein schluchzendes Atmen über. Sie würde hier bitte nicht zusammenbrechen oder ganz in den ihr wohl bestens vertrauten, uns beide so verlockenden Einsamkeitswahn abheben. Ich konnte ihr ja bestens nachfühlen, wie viele Male hatte ich mich in Gedanken aus dem Fenster oder von den Klippen gestürzt und war einfach davongeflogen –
Das geschah nicht, sie brach nicht zusammen, zumindest nicht offensichtlich, sie schlief nur ein. Wir hatten kein Wort gewechselt.

Was tun jetzt?
Sie schlief, erschöpft. Ich ging zum Serviertisch, leerte ein halbes der „Santa-Helena"-Gläser auf einen Zug, nahm einen der Filetteller, schnitt das duftende Fleisch in fünf Stücke und begann im Stehen zu essen, wie ein Wolf. Hungrig. Konzentriert. Genüsslich.
So, wie ich sie lieben würde, wenn sie nachher aufwachte. Ich würde um Verzeihung bitten, meine Liebe eingestehen, ihr zur Verfügung stehen, sie wieder an ein Leben glauben lassen.
Ich würde über Jean sprechen mit ihr.
Mit niemand anderem konnte ich das tun. Du hattest meine Geschichte mit ihm gerade mal zur Kenntnis genommen, ohne Kommentar, was ich Dir hoch anrechne. Doch sie konnte wirklich nachempfinden, sie liebte doch denselben Menschen!
Wir könnten uns gute Tipps geben – jetzt schien der Wein mir zu Kopf zu steigen, doch das brauchte ich, also noch einen Schluck.
Der Mond stand mitten in der Mitte der Mitte des Salonfensters.
Der Fluss lag tot darunter. Schwarz. Eine zähe Bewegung nach links, dem Meer zu. Zäh, zögernd, manchmal statisch, rückläufig,

zog die Bewegung sich auch nach rechts? Gab es Strudel hier, Gegenströmungen? Oder kam die Flut so weit ins Flussdelta hinein? Ich stand am Fenster, das leere Glas in der Hand, es wurde mir langsam kalt und da war sie hinter mir, ihr blütenwarmer Geruch.

Ich drehte mich um, schlug mit den Hüften an die kühle Scheibe, hatte sie vor mir, diese grundlos traurigen Augen, dieses wilde Haar.

Ihre Verletzbarkeit berührte mich, mitten drin wie sie war in diesem bedingungslosen, ausweglosen Wagnis.

„Verzeih", sagte ich.

Wir stürzten wieder in einen Kuss und liebten uns, umgehend, im Stehen, sie hielt sich an meinen Schultern, es war atemberaubend, aber unbequem. Also drehte ich sie um, zum Mondlicht, zu den unentschiedenen Strömungen, sie stützte sich gelassen auf das Fenstersims, wie bei einem Interview. Wir bewegten uns jetzt aufs Mondlicht zu und sie sprach mit mir.

„Nie wieder, so lange Zeit."

„Nie wieder", antwortete ich, bestimmt, ich meinte das ernst.

Sie gefiel mir endlos, überall, ich nahm einen Schluck aus der Flasche, mein Arm reichte exakt bis dahin, wie maßgemacht, und füllte den Wein in ihren Mund, von Mund zu Mund. Doch sie wollte keine Pausen, sie wollte jetzt mich, ganz. Dennoch, bevor ich mich wirklich hingeben konnte, hatte ich noch ein schweres Herz.

„Jean –", sagte ich, es war unvermeidlich, ich konnte nicht anders. Sie hielt inne, fasste mir auf die Hüften – „ist ja nicht blöd", vollendete sie den Gedanken. Knapp, aber erschöpfend.

Das wäre genug gewesen, die Antwort war die richtige, ich spürte das, wir wären fähig, diese Geschichte in Würde zu leben, alle drei, doch ich machte einen Fehler, hatte plötzlich Angst, die Erinnerungen rasten mir durch den Kopf, mir war schwarz vor Augen, der Atem setzte aus. Verlassenwerden. Das hallende Loch.

Wie der Beginn der Beziehung zu Jean, als er mehr verlangt

hatte als Freundschaft, nämlich „alles" und ich monatelang zu feige gewesen war, mich diesem Abenteuer zu stellen. Verlassenwerden. Wie zuvor das unverhoffte Ende meiner lächerlich kurzen Ehe, als Helens Mutter für dieses Arschloch von Poloreiter entschieden hatte und mir das Kind wegnahm. Verlassenwerden. Wie schließlich das erste Mal, das schlimmste Mal, ich war fünf Jahre alt und höre noch heute den Kies ans Garagentor preschen, als die Mutter Deiner Kinder aus dem Hof fuhr – und nie mehr wiederkam.

Alle diese Verlassenheiten dauerten den scharfen Bruchteil einer Sekunde, dann konnte ich plötzlich wieder sehen und hören und atmen und fragte, erstarrt vor Angst und viel zu schnell:
„Nein?"
Ich meinte natürlich:

„Bin ich euch das wert?" aber es kam rüber wie: „Bin ich mir da sicher?"
Wenn sie es so verstand, war es aus. Vorbei. Ein dummer Bub wäre ich, unfähig zu einer echten Haltung, einer echten Verantwortung und wenn sie es so verstand, hatte sie vollkommen Recht, hatte ich's nicht besser verdient, war an allem Schuld. Was mein Bruder mir einbläute, seit ich auf der Welt war. Sylvie drehte sich um. Schluss mit Sex.
Sie war sich nicht sicher, was ich da gesagt hatte. Sie wartete ab, bevor sie lebenslang enttäuscht wäre. Die Zeichenpapierhaut war wieder da.
„Nein, bitte", schrie ich, ich hielt sie an beiden Handgelenken fest, „bitte – ich bin das gar nicht wert, wollte ich sagen, ich will dich wert sein, ich träume von dir, bin verrückt nach dir!"
Dann folgte noch ein „– liebe dich." Das war von selbst gekommen. Unbedacht.
Also war es wahr.

Wie dieser Abend nun ausging, kannst Du Dir ausmalen. Wir

setzten uns hin und aßen das übrige Filet und das knackig gedünstete Gemüse und einen flaumigen Camembert, den sie aus der Anrichte zauberte, gemeinsam. Wir tranken die Flasche aus. Wir sagten uns alles, was zu sagen war. Wir schliefen eine Weile. Und danach liebten wir uns, ohne Eile und ohne Plan, wie es sich für eine Frau wie Sylvie gehört.

Sie erwartete mich jetzt, wie in meinen Träumen, der Morgen graute schon.

6. OKTOBER 2011

Paris – Kairo. Du fliegst mit. Die letzte Geschichte hat Dir gut gefallen, scheint's. Ich hab aber keine neuen zu erzählen. Die Tage am Fluss mit Sylvie gingen so weiter, sie kommen mir lang vor, endlos jetzt, in der Erinnerung.

Gleich am Morgen nach jener Nacht rief ich Jean an. Ich hatte Zeit, Sylvie war beim Kulturradio und dann zum Mittagessen aus. Ich ging in die Uni, erledigte meine Korrespondenz für den bevorstehenden ersten Besuch bei den ägyptischen Kopten, Lokalaugenschein zum Stadterneuerungsprojekt für meine Drittjährlinge. Architektur als Akupunktur, da umzusetzen, wo wir jetzt hinfliegen, gemeinsam mit der ärmsten Minderheit: den Lumpensammlern einer maßlos wuchernden Millionenstadt. Schwedische Botschaft, Außenamt, die Ain Shams Universität, die drei involvierten NGOs vor Ort, die Beratungsteams zu Recycling-, Klima- und Energietechnik, die Hauptsponsoren von Jeans Stiftung, die das Projekt trug, und der koptische Kirchenrat des Moqattamviertels, alle wollten zusammengetrommelt, ernst genommen und koordiniert sein. Eine Menge „grauer Energie" floss in solche Vorhaben. Dann rief ich ihn an.

Jean wusste, dass Sylvie hier war. Er war ganz entspannt. Ich ersparte mir blöde Gegenfragen wie „ach ja?". Das hatte ich gestern Abend gelernt, ein für alle mal. Ich hörte nur zu. Ich wollte aus der Schwingung der Stimme lesen, ob er Ängste hatte, einen Verdacht.
Ob er an mir zweifelte. Ob er enttäuscht sein würde. Getroffen. Sich zurückziehen würde, mich strafen mit Einsamkeit, wie schon einmal, mich vor eine Entscheidung stellen, sie oder ich. Die klassische Frage. Die richtige Frage, normalerweise.
Doch in dieser Beziehung war nichts normal, wir waren alle drei verrückt, und ich am allermeisten.

Sylvie konnte das bestens leiden, bestens verstehen, doch Jean? Der Perfektionist, der Meisterstratege, Protokollchef seiner selbst, diese weiche und großzügige Seele, die sich einen so perfekten Panzer aus Formen und Konventionen gebaut und sich doch noch geöffnet hatte, einmal noch, und zwar mir?

Dann, während ich tief in mein Telefon hineinhörte und vor mir der Fluss von rechts nach links zog, in seinen gemächlichen Vormittagsstrudeln und der Wind das Birkengold von den Bäumen zupfte, sagte er plötzlich das Unfassbare.

„Mach sie glücklich, Ted."

Ha, jetzt ist Dir beinahe das Tablett heruntergefallen.

Aber genau so war's.

Ich liebe ihn.

Er ist noch verrückter als ich!

Noch fünf Tage. Dann bin ich aus Kairo in Paris zurück – stahlblauer Himmel – und auch Sylvie wird dort sein, bevor sie nach Patagonien heimkehrt.

Wir könnten ins Kino gehen, zu dritt im Taxi fahren, durch den Luxembourg spazieren und dann unter den Kastanien ein paar Gläser trinken, wenn's noch warm genug ist.

Jetzt werd ich albern, oder vertrottelt. Das nennt man dann – glücklich sein?

Sylvie.

Ich habe von meinem Vater geträumt. Gestern Nacht, bevor ich hierher nach Umeå kam. Man hatte mir gesagt, er habe sich im Wasserturm niedergelassen, vorübergehend, einem trutzigen Gebäude am Rande des Städtchens, wie alle Wassertürme in Süddeutschland in bedrohlicher Neo-Gotik gebaut. Ich stand vor dem Mauerwerk aus wuchtigen Natursteinquadern, musste eine schmale Treppe hochsteigen, den Eingang in einer Mauernische an der rechten Seitenfassade finden. Ich wusste, hinter dem Turm läuft der Stadtgraben, darin ein sanfter Fluss, der irgendwann in den See mündet. Ich schob mich durch die schmale flaschengrüne Eingangstür, Kassettenrahmen mit Glasfüllungen, man konnte ins Innere des Turms sehen, der aus Treppenläufen und kleinen offenen Räumen auf den vielen Ebenen bestand. Dunkle Holzböden, flaschengrüne Türen überall, Kartenschränke, Bücherwände. Von oben fiel Licht in diese eher dunklen Etagen. Dahin schaute ich, nach oben, als ich die Eingangstür hinter mir geschlossen hatte.

Ich bemerkte, wie lange ich mich gesehnt hatte, aufzuschauen.
Und da stand er.
Da stand er, da oben, in einen Türrahmen gelehnt, ich musste sofort an das alte, nur einmal veröffentlichte Schwarzweißfoto vom Treppenhaus in Capris Villa Lysis denken, auf dem sich Jacques Fersen, Jeans Großonkel und Doppelgänger, noch jung, schlank, wendig, in den Türrahmen zum Küchengang schmiegte, um seinem Bauwerk, seinem gebauten Lebenstraum den gebührenden Raum zu geben.

Da stand er, mein Vater und war ein ebenso junger Mann. Dunkles, volles Haar, in einem seidigen Schwung zur Seite gekämmt, etwas lockig fast. Er hatte die Arme vor der Brust verschränkt und war gar nicht erstaunt, dass ich eintrat. Er kam mir nicht entgegen, sondern erwartete, dass ich die schmale Holztreppe zu ihm hinaufging. Es gab keine Umarmung, alles Väterliche war von ihm abgefallen, es gab ein verschworenes Hand-auf-die-Schulter, mit dem er mich durch den Türrahmen schubste und eine weitere Treppe hinauf, auf die Dachterrasse des Turms. Da standen wir nebeneinander nun, ein weites Land vor uns.

In der Ferne, unten, in der Flusskurve des Stadtgrabens saßen meine Schwester und meine Mutter (meine Mutter! – die ich seit Jahrzehnten nicht gesehen habe!) am Ufer und badeten ihre hellen Beine im Wasser.

Ein Bild wie in den Wahlverwandtschaften, dachte ich, doch da begann er zu sprechen, neben mir. Diese immer warme Stimme, die wie von einem Lächeln durchsonnt war.

Kurz, sachlich und vollkommen zeitgemäß erläuterte er jetzt seine Vorhaben. Er wollte bauen. Aufbauen. Nix da romantische, gar sentimentale Rückschau. Eine ganz ungewohnte Entschlossenheit, ja, strategische Schärfe kam von ihm herüber, ich sah nur seine langen Arme, seine immer warmen Hände, die seine Pläne in der Luft umrissen. Manchmal zeichnete er nur in die Luft und schwieg dazu.

Es war ein Lächeln in diesem Schweigen. Dahinter breitete sich das weite Land aus, der Fluss, das andere Seeufer, ein blasser Himmel.

Ich erinnere den Inhalt der Pläne nicht, denn da machte der Traum einen Sprung und ich hockte bei den zwei Frauen am Fluss und wunderte mich, wie viel die sich nach Jahrzehnten zu sagen hatten und in welch augenscheinlicher Harmonie sie sich nahe waren. Als sie sich aufmachten, den Fluss hinunter bis zum See zu schwimmen, war der Traum vorbei beziehungsweise gongte mein Telefon, um mich zu wecken, damit ich den Flieger in meinen Norden nicht verschliefe.

Jetzt sitze ich im roten Vierkanthof, den Du kennst, bin früh erwacht und der Traum von gestern ist immer noch in mir.

Ein junger Mann, ein drahtiger Mann, er gefiel mir, dieser Vater, den ich, letztes Kind eines damals schon krank werdenden Verlassenen, so nie gekannt hatte.

Wir wären Freunde geworden.

Er hätte mich vor sich hergeschubst, wie auf der Treppe, hinauf auf die Terrasse. Er hätte mich beobachtet, scharf, kritisch, anspruchsvoll. In sportlicher, intellektueller Herausforderung. Und doch mit dieser Wärme.

Ähnlich, wie Jean es jetzt tut – fällt mir da auf.

Warum war mein Bruder nicht im Traum? Welche Last, welche Schuld trägt dieser Junge? Einer, der als Kleinkind nachts erwachte, jahrelang, und seine jungen Eltern terrorisierte mit dem ewig gleichen Satz: „Du bist verkehrt".

War er der Grund dieser Beziehung, die nie hätte länger dauern dürfen als eine Romanze und die aufgrund seiner Geburt zu einer von Anfang an zwanghaften, scheiternden Ehe führte?

Einer Ehe, die eine Last war, für diese beiden unbändigen Menschen, die nach ausgezehrter Kriegsjugend Lust hatten auf Zukunft, auf Freiheit, auf Wagnis und verdammt waren, sich aneinander, an bürgerliche Normen, an ein Kind anzupassen, viel zu früh?

Sylvie. Wie geht es Dir?

Ich spreche, wie immer mit Dir, viel zu viel von mir.

Es ist einen Monat her, seit Du mich hier besucht hast. Ich hoffe, Du bist so glücklich über das, was geschehen ist, was mit uns geschehen ist, wie ich.

In Paris warst Du schüchtern wie ein junges Mädchen. Jean hat das geliebt. Jean liebt Dich, immer noch. Und auch mich, immer noch.

Ich sitze hier in meiner winzigen Wohnung, an meinem weißen Fenster, Du weißt wo, und schaue auf den Innenhof – schneeweiß inzwischen, es ist Winter geworden – und die junge Birke und ihre dreigeteilte Krone.
Drei Zweige, die sich in nur einem Punkt berühren. Sich nahe sind und doch nicht zu nahe, sich nicht weh tun, sich gut tun.
Ich bin dankbar für dieses Glück, das ich gar nicht verdiene. Ich, der an allem Schuld ist, wie mein Bruder, der „Du bist verkehrt", immer sagt.
Und ich habe eine Idee, die mir der Traum gab. Ich werde meiner Mutter nachforschen, damit sie meine Schwester wiedersieht. Womöglich haben sie sich tatsächlich einiges zu erzählen. Und womöglich braucht sie auch mich.

Jetzt fahre ich durch den Schnee hinunter ins Städtchen und streune um Dein Hotel.

Ted

----- Original Message -----
From: vaughan@vaughan.com >
To: < theodor.tessenow@arch.umu.se >
Sent: Sunday, November 6, 2011 17:21 PM
Subject: Re: Traum. Aus dem hohen Norden.

Ted, mein Engel.

Das war eine schöne Nachricht. Und ein schöner Traum.
Du siehst, wir verlieren doch nie, was wir lieben, auch wenn das
Geliebte, die Geliebten sich verändern. Im Leben. Im Sterben. Im Gestorbensein.
Indem sie gegangen sind, alle verlassen haben, haben sie doch
uns nicht verlassen.
Das war doch die Zeile von Pierre Bergé, die Dich berührte?
Schau, auch ich habe meinen Vater verloren, ein Unfall, damals
ein junger Mann. Dann meine Mutter, Selbstmord, damals eine
junge Frau. Ich kenne keine alternden und sich verändernden geliebten Menschen. Ich weiß aber, dass auch diese, meine tragisch
voneinander getrennten Eltern sich inzwischen geändert hätten
und haben und, glaube mir, es ist eine Gnade, diese Veränderung
miterleben zu dürfen.

Du hast mit Deinem Vater mitgelebt, bis zum Ende seiner
hiesigen Geschichte und es scheint, dass er Dich auch weiter
mitnimmt auf seinem Weg.
Nimm das an.
Geh Deine Mutter suchen, hab keine Angst vor dem Abgrund
Eurer Ferne. Du wirst sie erlösen aus ihrer steten Flucht, ihrem
sicher immensen Alleinsein.

Ich bin hier angekommen, nach unserem gemeinsamen Norden,
nach unserem gemeinsamen Paris und habe mich in Arbeit ge-
worfen. Deine nicht mehr ganz so kleine Helen büffelt für ihre
Aufnahme am Botanischen Institut, mein jüngster Neffe Peter,

Du erinnerst Dich, der, der die Baumschule übernommen hat, hat sie ein wenig von der Physik und Mathematik weg in die Natur geschleift – sicher hatte und habe auch ich mit meiner Gartenliebe einen denkbar schlechten Einfluss auf sie. Hat sie Dir von dieser frischen Freundschaft erzählt? Ich will ja nichts veraten, was mich als „Stiefmutter" wenig angeht! Sei beruhigt, die beiden wandern und fischen gemeinsam und haben sicher keine Ahnung von den Dingen, die wir beide beim Wandern und Fischen ganz gerne tun würden. Du wirst Deine Freude haben an ihnen, wenn Du wieder einmal, und hoffentlich bald, hierher findest.

Mir bleibt der Garten.
Ein tückischer Käferbefall bedroht meine Birken und Buchen. Ich bin zur Holzfällerin geworden, der Garten zum Park – viel zu viele Perspektiven!

Ich umarme Dich also, oder, noch besser, lasse mich umarmen.

Deine

Sylvie

7. NOVEMBER 2011, *am Abend*

Eine gute Vorlesung heute. Reine Theorie. Was ist Ethik, in Architektur? Ich habe mit Joseph Brodsky begonnen und seine These, dass die Ästhetik die Mutter der Ethik sei, diskutiert. Wenn Nachhaltigkeit heißt, gut zu altern, steht der Wert der Ästhetik für die Architektur außer Frage.

Und doch liegt die Ethik am tiefen Grund aller Ästhetik, aller Formalismen: Architektur ist kein hastiges, kommerzielles, gefälliges Produkt, sondern ein langwieriger interaktiver Prozess! Ich habe Ruskin zitiert, Wittgenstein und Guardini, auf Ranjan Sarkar und das existentielle Erlebnis des gebauten Raums in Bezug auf den Menschen verwiesen. Ich habe die Poesie der Materialien von Jungs Symbollehre abgeleitet, Umberto Eco und seine Phänomenologie der Gestalt erläutert und ließ ein wenig von Robert Meiselsohns Zahlenlehre einfließen, das würde ihm in dieser Kombination, in diesem Anspruch auf eine holistische Gestaltungsqualität gut gefallen.

Der Wert des Herstellens, der Tätigkeit, der Werke an sich ergab sich logisch daraus, Hannah Arendts „Krise der Kulturen": „Ein Objekt ist Kulturträger je nach seiner Dauer. Sein bleibender Charakter ist das exakte Gegenteil seiner Funktion." Richard Sennetts aktuelles „Handwerk" dann: „Handwerk erfüllt ein zutiefst menschliches Bedürfnis: den Wunsch, eine Aufgabe um ihrer selbst willen gut zu erfüllen."

Ich schloss, dies alles vollendend und zur Diskussion öffnend, mit dem weisen Juhani Pallasmaa, einem meiner zeitgenössischen Lieblingslehrer und -theoretiker und seiner Phänomenologie der menschlichen Erfahrung:

„Heutzutage wird Architektur mit visuellem Ausdruck gleichgesetzt, doch ist die wahre Aufgabe der Baukunst jenseits von Visualität und Ästhetik. Sie ist grundlegend existentiell. Die

Begegnung mit Schönheit öffnet uns die Wege zum Inhalt der Dinge und der Wahrheiten. Jedes bedeutungsreiche Gebäude stellt Fragen und gibt Antworten zur menschlichen Existenz. Statt auf sich selbst aufmerksam zu machen, leitet es unser Bewusstsein zurück auf die Welt und auf unser eigenes Leben. Es lässt uns die Erhabenheit des Berges schauen, die Ausdauer und Würde des Baumes, das Geheimnis eines Schattens auf der Wand und das Lächeln auf dem Gesicht des Fremden. Kurzum, die Aufgabe von Architektur ist es, Rahmen und Horizonte zu schaffen, die Wahrnehmung, Erfahrung und Verstehen ermöglichen."

Es gab kaum endende Wortmeldungen danach, Mat, der Architekturkritiker – dem das Thema ja eigentlich zusteht und der entsprechend streng ist, mit meinen theoretisierenden Kollegen – gegen mich und mein Dringen auf Menschenwürde, ich gegen Mat und seinen Zukunftszynismus, wir bildeten zwei Fronten, die Drittjährlinge brachten eigene Texte, eigene Beweise ein. Ivan Illich zum Beispiel und sein „Recht auf das kreative Nichtstun" aus „Schattenarbeit". Die höhere Bedeutung des Schaffens, die sich nur in Verbindung mit dem Dienst an der Gesellschaft erfüllt aus „Selbstbegrenzung". Der trotzige Björn, eine meiner größten Hoffnungen, las vor:

„Unter ‚Konvivialität' verstehe ich das Gegenteil der industriellen Produktivität. Von der Produktivität zur Konvivialität übergehen heißt, einen ethischen Wert an die Stelle eines technischen Wertes, einen realisierten Wert an die Stelle eines materialisierten Wertes setzen. In der Konvivialität sehe ich die individuelle Freiheit, die sich in einem Produktionsverhältnis realisiert, das in eine mit wirksamen Werkzeugen ausgestattete Gesellschaft eingebettet ist. Wenn aber eine Gesellschaft, ganz gleich welcher Art, eine Markt- oder Planwirtschaft, die Konvivialität unter ein gewisses Niveau drückt, dann wird sie dem Mangel anheimfallen; denn keiner noch so hypertrophierten Produktivität wird es jemals gelingen, die nach Belieben geschaffenen und multiplizierten Bedürfnisse zu befriedigen."

Fantastisch.
Wie im Gerichtssaal.
Es krachte nur so in den Reihen.
Mat wird eine kleine Geschichte für die Unizeitung daraus machen, mit seinen fliegenden Händen – hat schräge Fotos während
der Wortmeldungen der Studenten geschossen, da sehen wir alle
aus wie am Vorabend der Revolution.

Dann draußen Schneetreiben, tiefste Nacht um sechs Uhr Abends,
da kam ich mit meinem Armeerad kaum den steilen Berg hinauf.
Ich bin ein bisschen vereinsamt jetzt, hier, zum ersten Mal. Weil
Sylvie hier war.
Es tut mir gut, wenn Du mir Gesellschaft leistest. Nur hat sich
alles verändert, Janusch.
Wer bist Du? Wie soll ich Dich mir weiter vorstellen? Als den
lächelnden, schon schwachen, betagten Herrn mit den weichen
grünen Augen, an den ich mich gewöhnt hatte, in den letzten
Jahren? Oder als den inspirierten Wasserturmbewohner, der
mich bei sich erwartet, seine Pläne hat mit mir?
Sogar Jean ist alt gegen Dich, in dieser Deiner neuen Gestalt!

Ich lasse es auf mich zukommen. Lasse Dich auf mich zukom-
men, wiederkommen hierher, in meinen Norden, in Deinen Nor-
den.
Nord, Nordost, Quellenland –
Wir werden uns warm anziehen und in den weißen Gammlia-
Wald laufen, von dessen Höhenlichtungen man in die weite
Ebene blickt, hinunter auf den Fluss, der hier zwar nicht in einen
See, aber ins Meer fließt.
Wie im Traum nämlich, beinahe wie im Traum.

Ich muss Dir das jetzt erzählen, auch wenn ich Dich nicht sehen kann, weil ich noch nicht weiß, noch nicht entschieden habe, mich überraschen lasse, wie Du aussiehst.
Denn ich bin erschüttert. Ich hatte ein wenig recherchiert. Über die Mutter Deiner Kinder.

Österreichische Telefonnummer. Keine Adresse, sprich: Geheimadresse, doch die Vorwahl ließ auf die Wörtherseegegend im kleinen südlichsten Bundesland schließen, mit dessen Regierungsganoven ich so schlechte Erfahrungen gemacht hatte vor ein paar Jahren, ausgerechnet! Velden vielleicht, oder Pörtschach? Krumpendorf oder Maiernigg, wo Mahler, Berg und Brahms ihre Sommerfrische verbrachten? – sah ich auf der Karte nach.
Brahms hatte zu dieser Gegend gesagt, sie sei derart von Melodien durchflogen, dass man acht geben müsse, nicht auf sie zu treten.
Drei Tage hatte ich ständig was anderes zu tun, schaute mein Telefon schief an. Heute Morgen war ich soweit. Leere im Lehrertrakt, die Transsolar-Kollegen aus Stuttgart hielten einen Workshop, alle waren zu Klima- und Energiemapping ins Gelände aufgebrochen. Ich begann zu wählen, 0043–4252-4249. Es war neun Uhr morgens.
Vielleicht keine gute Zeit für eine alte Dame, die meine Mutter war.
Eine Stimme meldete sich, nach kaum einem halben Klingelton, die sagte:
„Breil."

Ich wartete ab. Eine Frauenstimme. Keine Stimme einer wirklich alten Dame.
War das sie? Oder eine Haushälterin? Wenn sie das war, meldete

sie sich mit „Breil", dem Namen ihres damaligen Geliebten, des Seidenfabrikanten, in den Siebzigern ein Begriff in der Branche, dann mit dem gesamten norditalienischen Modesektor in den Abgrund gerutscht.

Der schillernde Breil.

In Gourmetrestaurants und Golfclubs zuhaus, war er irgendwann von den Jetsetseiten der Illustrierten verschwunden. Aalglatt und gewinnend lächelnd, wie er dort in den frühen 1960igern aufgetaucht war. Kriegsgewinnler. Widerlich. Hatte die Mutter Deiner Kinder mit Fernostreisen, mit Opernballeinladungen, den Salzburger Festspielen geködert. Hatte sie uns abgeworben. Mit vermeintlichem Glanz. Mit vermeintlichem Einfluss. Mit vermeintlicher Bildung. Wir waren allein geblieben, Dein Herz war gebrochen daran.

Aber den wendigen Breil traf es doch, wenige Jahre darauf. Die Firma bankrott. Bankrott. Ein vernichtendes Wort. Die fortschreitende Selbstzerstörung folgte: Gicht, dann eine sich langsam, aber stetig steigernde Muskellähmung. Eine echte Strafe.

War er noch bei ihr? War er überhaupt noch am Leben?

Du weißt ja, wie rar sie sich gemacht hatte, wie vollkommen sie aus unserem Leben verschwunden war – die Lebenskunst der Happy-Few-Elite, die verkörperte sie meisterhaft. Zu meiner Konfirmation kam sie noch angeflattert, nein, nur zur Agape im Gasthaus, flüchtig wie ein Gast, von weither. Zum Abitur bekam ich eine Uhr, die ich nie trug, die heute Jean trägt. Ich ging nach Amerika studieren, sie war unerreichbar, ich löschte ihre Daten aus meinem Adressbuch. Jetzt weiß ich, ihr Leben mit Breil begann damals schon den Sinkflug. Die Sinnentleerung.

Was hatte sie bei dem gehalten? Mitleid? Preußisches Pflichtbewusstsein? Oder Affinität, ein Pakt mit dem Teufel? Eine Komplizenschaft aus Schuldgefühlen und Wichtigsein, einem eingebildeten „Illuminismus"?

Ich musste irgendetwas sagen, sonst würde die Dame am anderen Ende der Leitung auflegen.

„Mutsche, bist du's?", fiel mir ein. Gute Idee. Eine Haushälterin würde jetzt sagen, nein, leider falsch verbunden. Sie sagte aber, umgehend und ganz wach, noch bevor meine drei Worte ausgeklungen waren,

„Hier Breil. Hortense Breil. Ich verstehe Sie nicht gut."
Also leicht schwerhörig.
Ich würde es nicht noch einmal schaffen, dieses Wort auszusprechen. Mutsche, den Namen, den Du ihr gegeben hattest, da sie „Mami" nicht mochte. In Junkerfamilien war man eitel, da durfte man Großmütter und Mütter nur bei Spitznamen nennen, sonst machte man sie alt.
So ein Quatsch.
Wie hattest Du das aushalten können? Wie hattest Du sie aushalten können?
Ich nahm einen neuen Anlauf.
„Frau Breil", sagte ich, „guten Morgen, ich hoffe, ich störe Sie nicht."
Die Antwort kam wieder schnell, als würde sie anderswo erwartet. „Rufen Sie vom Fruhmann an? Ich komme aber heute, um zwölf."
Also nicht schwerhörig, sondern – leicht verwirrt?

„Nein", sagte ich, „es tut mir leid, Frau Breil. Ich rufe Sie einfach an, ich wollte mit Ihnen sprechen, ich –"
Wie sollte ich mich vorstellen? Ich bin Ihr Sohn? Ich bin einer, den Sie ganz vergessen wollten? Ich bin Ted, dein Kleinster?
Nein, das war alles nicht gut.
„Ich bin gerade in Ihrer Nähe, Frau Breil", sagte ich, so gewann ich Zeit.
„Heute ist doch Donnerstag, nicht?", sagte die Mutter Deiner Kinder, „Donnerstags gehe ich zum Fruhmann. Korn, Sie sind es also? Sie kommen heute früher? Das ist mir sehr recht. Mein Mann fühlt sich schwach, er liegt schon wieder, schrecklich. Sie können vor dem Essen mit mir nach Villach ins Kunsthaus

fahren. Es gibt da eine kleine Oman-Schau, nur Zeichnungen, aber immerhin, seine entleerten Menschenhüllen kann man nie vergessen. Also kommen Sie. Guten Tag."

Sie hatte aufgelegt. Innerhalb von Zehntelsekunden. Ich musste erst einmal durchatmen.
Die gleiche Stimme. Kaum verändert. Kurz angebunden, etwas scharf, doch mit diesem gewissen Schwung. Einer warmen Grundnote. Ich sah sie vor mir, als junge Frau, musste unwillkürlich an Helga, Helens Mutter, denken in unserem ersten Sommer, wir waren beide siebzehn, beim Ausreiten an den Fluss. Ich kann Dich gut verstehen jetzt. Ich kann alles verstehen jetzt. Sie muss hinreißend gewesen sein, frisch, dezidiert, leicht tragisch. Eine Droge – maßgemacht für Selbstverleugner, die wir beide sind.

Nochmals ein Anlauf. Ich wählte 0043-4252-4249 – und ertappte mich dabei, die kurze Nummer schon auswendig zu können.
Ist das so, wenn genug Zeit vergangen ist?
Wenn die Wunden so tief sind, so nie geheilt und niemals heilbar, dass die Seele jede nur mögliche Narbe näht, um überleben zu können? Gegen jeden Verstand? Gegen jede Überzeugung?
„Breil."
Sofort am Telefon. Die kalte Stimme mit der warmen Grundnote. Jetzt hatte ich meine Chance.
„Nein", sagte ich bestimmt, „ich bin nicht Korn."
Stille in der Leitung. Dann Zeitungsgeraschel. Es hörte sich nach drei aufgeschlagenen Tageszeitungen an, die sie auf dem Tisch zusammenlegte, an dem sie saß. Standard, Süddeutsche, die Kleine Zeitung? Ich konnte ihre feingliedrigen, spitz auslaufenden Finger mit den schmalen, gewölbten Nägeln sehen dabei. Eine Schublade knarrte. Vielleicht ihr alter Schreibtisch noch? Berner Barock, von den Blochs abgekauft, damals, als Ihr beim Aufbauen ward, die Blochs schon beim Loslassen.

„Ernst", sagte sie ernst.

Ernst war mein Bruder. Ernst war Dein Erstgeborener.

„Wenn du schon wieder Geld brauchst, nur deshalb rufst du ja immer an, ich muss dir sagen, Junge, ich bin in Schwierigkeiten. Ich kann dir nicht mehr helfen. Breil ist ein Pflegefall, der Amtsarzt kommt jede Woche kontrollieren und ich kann ihn kaum sauber halten, vom Kochen gar keine Rede. Ich bin ja keine solche Hausfrau, nie gewesen. Aber auch Frau Korn ist vollkommen überfordert, in ihrem Alter und Korn kann nur noch manchmal chauffieren mit seiner Atemnot – letzten Montag, wann war das, ich denke Montag vor zehn Tagen, lass mich nachsehen, ja, ich habe es ja im Kalender notiert, nur diese Schublade geht wie immer so schwer auf, kam der Herr vom Bankhaus, sehr freundlich, bei allem was er an Breil an Zinsen verdient hat damals, doch, Ernst, es muss Schluss sein. Das Haus ist verpfändet, wir haben gerade noch Wohnrecht, ein Wunder, mein Schmuck ist auch weg, schon längst, das haben mich deine zwei Scheidungen gekostet, Junge. Rente bekomme ich keine und Breil, naja, bei der Wirtschaftskammer hätte er besser regelmäßig eingezahlt. Ich kann nur noch zweimal in der Woche vor die Tür, wenn Korn hinunter ins Dorf fährt, ich kann ja nicht alleine gehen, viel zu gefährlich mit meiner Hüfte. Ich bin hier eingesperrt. Eingesperrt in diesem Haus, das uns gar nicht mehr gehört. Eingesperrt und allein, nachdem nur noch du mich anrufst und immer nur des Geldes wegen, das du einforderst." Sie musste sich wohl am Schreibtisch festhalten, denn es raschelte hektisch, dann kam, nach kurzer Stille –

„Die anderen zwei Kleinen wollen mich ja nie mehr sehen, wie du mir stets berichtest. Die wünschen mir ja den Tod, seit Jahrzehnten, ich habe ihre Briefe aufgehoben, die du mir überbrachtest. Schreibmaschinenbriefe. Unglaublich. Ich habe sie hier, in der Schublade."

Es rüttelte. Ich hörte die kleine Schublade, wie sie in ihren hölzernen Führschienen ächzte. Der war es zu eng geworden in den letzten Jahren, Jahrzehnten dort. Die Mutter Deiner Kinder wusste das und gab den Versuch, sie zu öffnen, auf. Die Stimme war erschöpft jetzt, erschöpft und endgültig. „Ernst. Ich bitte dich. Lass mich in Frieden. Guten Tag." Diesmal fand der Hörer die Gabel nicht sofort, ein Stuhlrücken war zu vernehmen und ein trockener Seufzer. Seelischer Sekundentod.

Mein Herz krampfte sich zusammen, ich musste mich an der Wand anlehnen, an der ich stand, an den Fenstern zum Fluss.

Hier hatte ich gestanden, als Jean „mach sie glücklich" gesagt hatte und sich die mögliche, nie erhoffte Weite einer dauernden Geborgenheit vor mir ausbreitete. Hier stand ich jetzt vor der Kluft von vierzig Jahren Verlassensein.

Und begriff, dass Verlassensein zwei Seiten hat. Eine aktive, eine passive.

Anscheinend war die aktive noch viel grausamer.

Umgehend wählte ich die Nummer, 0043-4252-4249, und sie hob nach drei Klingeltönen ab.

Sie sprach aber nicht. Ich hörte sie nur atmen.

Ich sagte schlicht:

„Mutsche, ich bin's doch, Ted" –

Und dann folgte ein kurzes, doch echtes Gespräch. Vielleicht weinte sie ein wenig, nach dem Auflegen.

Konnte sie weinen? Ich tat es, lange Sekunden, im Stehen, an die mit Birkenholz geschalte Wand gelehnt. Ich weinte in den Fluss, unseren Fluss, der heute zum Meer strömte wie frisch eingelassen.

Ich will zu ihr fahren.

Sie wohnt so wie Du, so wie wir am Bodensee wohnten, an einem See im Süden, einem See voller Bilder und Melodien, voller tragischer Poesie. Voller verzweifelter Grenzgänger.

Hattest Du das gewusst? Hatte Dich das noch interessiert? Interessiert es Dich heute?

Hattest Du irgendeinen Einblick in Ernsts Parasiten-Doppelleben? Hat er Dich etwa genauso benutzt? Gefälschte Briefe, perfide Lügengeschichten, erpresserischer Diebstahl, das hätte er sich bei Dir nicht getraut und das hatte sich bei Dir materiell auch nicht gelohnt. Wie hat er's dann gemacht? Wie hat er sich immer wieder in Dein Mitleid eingeschlichen, Deine enttäuschte Distanz untergraben? Auf die Selbstmord-Tour? Die hat er bei mir auch versucht, einmal. Ich hatte ihn erwischt, wie er den tragischen Abschiedsbrief seiner ersten Frau, die es nicht mehr aushielt, die zugrunde ging an ihm, mit Rotstift korrigierte. Einen verzweifelten Liebesbrief mit Rotstift korrigierte! Besserwisser. Miesling. Dreckstück. Er sagte, er schicke das jetzt ab und dann würde er sowieso mit sich Schluss machen.

„Tu's doch, du Arschloch", habe ich ihm gesagt. Dann hat er mich mal ein paar Jahre in Ruhe gelassen. Hat er Dich je in Ruhe gelassen? Warst Du je konsequent?
Kann man konsequent sein, mit seinem eigenen Kind? Ich sehe es ja jetzt. Ich will zu ihr fahren. Von wegen Konsequenz. Sie hat uns verlassen, die Mutter Deiner Kinder, damals – wer weiß was zwischen Euch lief, wie es zwischen Euch lief. Doch sie wurde hintergangen dann, betrogen, erpresst, das ist nicht gerecht. Mich hätte interessiert, wo sie lebt. Dass sie lebt. Mich interessiert jetzt, dass sie lebt, wie sie lebt, was sie denkt, ob sie etwas denkt?

Ich will Ernsts Lügen aus der Welt räumen! Diese alte Dame vielleicht ein wenig begleiten, aus der Ferne. Sie mit meiner Schwester versöhnen. Die können sich sicher gut brauchen.

Am nächsten Abend

Krank bin ich, sitze fiebernd auf meinem roten Wollsofa, Tchaikovsky spielt mir sein erstes Klavierkonzert, den zweiten Satz, wieder und wieder. Mit einer schwachen, einsamen Flöte beginnt's, doch gleich setzt das Klavier ein, tröstend, langsam an Kraft gewinnend, überzeugend, dann kommen die Geigen. Ich bin krank, wie jedes Jahr im Herbst.
Was hatte Sylvie gesagt, am ersten Abend hier?
„Engel müssen gut essen, im Herbst, wenn der Winter naht, damit ihnen warm bleibt."
Ich hatte Anderes zu denken gehabt, in jenem Moment, doch sie scheint mich gut zu kennen. Vielleicht geht es ihr ähnlich und sie hat deshalb beschlossen, ihr Leben nach dem Frühling auszurichten.
Irgendwo ist immer Frühling.
In Patagonien. In Europa. Wie schön sie das beschrieben hat in ihrem letzten Buch, wenn sie nachhause geht, den Weg nach Las Rocas hinauf, rote Erde, die erste Eidechse quert von rechts nach links, Glück bringt's und: der Frühling kommt!

Der elfte November ist heute, die doppelte Meisterzahl, Robert Meiselsohn hat seine Freude, und ich bin krank, werde mich eine Woche in meine Haut verkriechen, die dann wieder wachsen wird wie jedes Jahr, nach dem Fieber, nach den durchwachten Nächten ohne Atem. Tchaikovskys Geigen treiben das Klavier voran, die Frühlingsgeigen treiben meinen souveränen Pianisten an, die Flöte darf kurzzeitig ausfallen, wieder zu Atem kommen, bis zum nächsten Satz. Bis zum nächsten Konzert.

Immer noch Tchaikovsky. Heute das Violinkonzert D-Dur. Die Geigen beginnen selbstsicher, die erste Geige singt los, unwiderstehlich, und die Flöte ist auch wieder da. Ein treues Orchester im Hintergrund, das Klavier ist anderweitig beschäftigt. So wird es sein, am Ende dieses Jahres. Am Ende dieses Jahres ohne Dich. Ein Violinkonzert D-Dur.

Kaum je habe ich mehr Mailnachrichten geschrieben, als in den letzten drei Tagen auf dem warmen roten Wollsofa.

Helen, meine kleine große Helen, die mir immer mehr fehlt, hat mich nach Patagonien eingeladen. Eingeladen? Sie hat mich nach Patagonien befohlen!

„Mein erstes glückliches Weihnachten", hat sie es genannt. Sie fühlt sich also wohl dort, bei Sylvie, an jenem wilden See, in jener großen Natur. Und sie ist tatsächlich verliebt!

Ob diese Einladung mit Sylvie abgesprochen sei, habe ich nachgefragt.

„Sie spricht ständig davon, was sie kochen könnte", antwortete Helen. Ungewöhnlich, würde aus Sylvie noch eine richtige Hausfrau? „Und sie braucht dich dringend im Garten", kam dann nach. Das schon eher.

Ein Garten ist ein treuer Freund. Ein Garten braucht uns immer. Ein Garten fehlt mir.

In Jeans Lysisgarten auf Capri ist Winter und da gibt es einen Robert Meiselsohn, der sich so gut um alles kümmert – auch und vor allem um Deine Liliensammlung, die anscheinend ein neuer touristischer Anziehungspunkt geworden ist. Euer letztes gemeinsames Werk. Ich muss fast weinen, bei der Vorstellung. Doch in Las Rocas sind die Menschen, die mir fehlen, meine erste Geige, ein treues Orchester. Das Klavier ist anderweitig beschäftigt.

Ja, das Klavier, Jean, der Virtuose, wird nahezu unerreichbar sein, in den kommenden Monaten. Er hat sich angemeldet hier, am nächsten Wochenende, er wolle mich besuchen, endlich meinen Norden kennenlernen, sagte er.

Meinen Norden kennenlernen? Er, der die Kälte, den Schnee, die Natur, die Provinz hasst? Der hier kein Café, keine Tageszeitungen, keine Weltklassepianisten und keine ihm bekannten Tischnachbarn in den schlichten Restaurants vorfinden wird? Ein Horror!

Was soll ich mit ihm machen, an meinem windigen Fluss, in meinem verschneiten Wald, in meiner winzigen Wohnung?

Er wolle mich um Rat fragen, einen strategischen Rat, kündigte er an. Als ob ich – oder Du – strategisch denken könnten! Er, der Meisterplaner hatte schon längst für sich entschieden. Und sicher gut entschieden. In Le Monde-online stehen die wahren Hintergründe. Jean wird als Nachfolger des freud- und visionslosen Forschungsministers gehandelt, soll die durchwachsene Legislaturperiode seines Präsidenten retten. Natürlich mit seinen zwei „alten" Themen: Identität durch Integration – nach der friedlichen ägyptischen Revolution in diesem Frühling ein globales Ziel. Dann Right-Tech in Energie und Infrastruktur – nach Fukushima beinahe ein Allgemeinplatz. Die Geschichte hatte seine zwei Visionen also eingeholt.

Das Angebot wird er annehmen, und ich bin stolz auf ihn. Das einzige Ministerium, das je in der Geschichte sinnvoll war: Forschung und Entwicklung. Eine Riesenchance. Eine wahre Aufgabe! Er wird das annehmen und daran arbeiten, die in Frankreich noch übliche, total veraltete Trennung der Forschungs- und Entwicklungsagenden aufzuheben. Bildung und Forschung nutzen nichts ohne die umsetzenden Menschen, ohne eine sinn- und maßvoll eingesetzte Industrie, ohne das Hand-Werk. Wir haben oft darüber diskutiert. In Frankreich hatte man ein Vorbild dafür im hochtechnologisierten Japan gesehen, bis vor wenigen Monaten.

Da hatte Voltaire sich einst gelassener – und zielsicherer – beim preußischen Nachbarn angelehnt.

Nord-Nordost.

An Deine Welt. An unsere Welt.

Wo nach dem alten Kant die Freiheit herrschte, „von seiner Vernunft in allen Stücken öffentlichen Gebrauch zu machen".

Du fehlst.

Jean wird das annehmen also und in gewisser Weise das Werk seines Vaters, plötzlich und im Amt verstorben, zu Ende führen. Wie ich letztlich versuche, dem großen Heinrich, Deinem Vater gerecht zu werden. Jeder hat seine Geschichte und jeder muss sie weitertragen, so gut er kann. Die Geige hat ausgesungen. Heiß ist mir wieder, ich gehe einen Tee kochen in der drei Schritte entfernten Küchenecke. Patagonien also, zu Weihnachten. Ich habe natürlich einen guten Grund gebraucht, und auch eine Finanzierung, um diese lange und teure Reise zuzusagen. Ich habe Piet, meinem Dekan geschrieben, ob ich „Redefining Progress" nach Südamerika bringen kann, wenn ein oder zwei Unis dort die Reisekosten übernehmen. Und Piet, der Allesverknüpfer, wusste sofort noch einen weiteren guten Grund für mich: die ersten UN-Klimaverhandlungen nach den gescheiterten Copenhagen- und Cancun-Summits, in Rio, im Januar. Neben den Ministern und ihren Beraterstäben waren auch die Hochschulverbände eingeladen, und Umeå stand in diesem Jahr den nordischen Universitäten vor. Er ist erleichtert, dass ich ihn vertrete und er ein paar Tage länger bei seinen vier Kindern Ferien machen kann. Er hatte diesen Sommer massive Magenprobleme. Dauerreiser. Und auch sonst viel zu viel im Kopf unterwegs. Ob er mir das zutraue, ein Wahnsinn, immerhin verträten wir da die gesamten Nordischen Staaten, schrieb ich sofort zurück.

„Wozu habe ich mir den Botschafter einer neuen Ethik geheuert?", entgegnete er kurz und bestimmt. Ich konnte ihn zwischen den Zeilen grinsen sehen. Sein verschmitztes, zielsicheres Grinsen, der geborene Verkäufer –

Eine P.S.-Nachricht kam in dem Moment hinterher: „Übrigens, ‚Redefining Progress' wirst Du auch in Rio geben. Wir hier im Norden haben Botschafter mit einer wahren Botschaft!"
Ende der Korrespondenz.

Habe ich einen solchen Dekan verdient? Ich höre Dich das noch sagen, wenn es um Dein botanisches Institut am Bodensee ging. Pech mit den Frauen, die uns wegliefen, Glück mit dem Rest. Und schon wieder muss ich an Dich denken – verzeih, ich bin anhänglich dieser Tage, weil ich schwach bin.
Patagonien also, zu Weihnachten, das erste Weihnachten, als Du, Janusch, schon gestorben warst.
Ich habe an Sylvie geschrieben, nachdem ich die Reise zumindest zur Hälfte finanziert hatte. Für die andere Hälfte würde ich mich an Sofie Ehrenhausen wenden, die wollte mich bestimmt für einen Workshop an ihrer Uni in Conception haben.
Ich habe also zugesagt, unter einer Bedingung. Dass auch Robert Meiselsohn kommen dürfe. Der ist genauso verlassen von Dir wie ich.

Themenwechsel. Jetzt muss ich Dir von der Mutter Deiner Kinder erzählen.

Ich hatte meiner Schwester geschrieben, nach den Telefongesprächen vor einer Woche, an den Fenstern zum Fluss, auch ein paar Sätze zu dem, was ich über unseren Bruder erfahren hatte. Gerade eben rief sie mich an.

Sie ist bei ihr gewesen. Ein weiter Weg.

Sie war nach Klagenfurt geflogen und von da einfach nach Velden gefahren, „allein da, bei den Hochglanzfiguren kann dieser Breil wohnen", sagte sie sich und da hatte sie ziemlich Recht, musste nur in ein paar Dorfkneipen nachfragen und fand das Haus, weit weg allerdings vom neureichen Seeufer, auf der waldigen Höhe über dem Damtschacher Schloss, in einer Lichtung versteckt.

Haselweg hieß der Weg.

Man sah eine einzige Hausgruppe an diesem verlassenen Hangstück. Ein ehemaliger Bauernhof mit seinen Nebengebäuden über einer Bachsenke, vollkommen von Schwarzerlen zugewachsen, dahinter roter Föhrenwald. Der holprige Zufahrtsweg, von wirren Haselstauden gesäumt, war von der Dorfstraße weg nicht schneegeräumt. Der Postbote klemmte seine Briefe in ein Zeitungsrohr am Laternenmast, unter zwei Hinweisschildern.

Privatweg.

Sackgasse.

Ja, diesen Privatweg hatte die Mutter selbst gewählt: Eine Sackgasse. Entkommen nur ab und zu möglich. In guten Zeiten zwei mal die Woche, wie sie mir erzählt hatte, am Telefon.

Meine Schwester hatte den Taxifahrer überzeugt, bis in die Nähe des Hofs zu fahren und war vor dem Eingangstorbogen ausgestiegen. Es war dämmrig, so gegen vier Uhr nachmittags. Das

Taxi fuhr los. Sie ging ein paar Schritte auf das Haus zu und fand sich in Scheinwerferlicht getaucht.

Ach, Breil!

Die übliche Angst der Neureichen, man könne ihre gierig zusammengetragenen Möbel und Bilder und Reisetrophäen stehlen. Ihre blöden Uhren-, Zigarren- und Autosammlungen, ihre Golfausrüstung, ihre maßlose Garderobe.

Da kein Hund bellte und sich auch sonst nichts rührte, ging sie durch den Schnee bis unter den Torbogen, da war eine Eingangstür, samt verriegeltem Gittertor. Sie läutete. Erst geschah wohl gar nichts. Sie musste mehrmals läuten. Von wegen Haushälterin. Dann öffnete sich die Tür. Einen Spalt.

Vor ihr stand die Frau, die uns verlassen hatte. Und die das eiskalt geplant hatte. Die Frau, die zunächst mit Breil ausging, dann mit Breil verreiste. Die Frau, die Dir, dem langweiligen Wissenschaftler schließlich zum Abschied sagte, „die Kinder sind alt genug, jetzt".

Wir waren fünf, sechs und neun Jahre alt.

Diese Frau hinter der Tür war klein.

Geschrumpft. Sie hatte schüttere, doch toupierte weiße Haare. Eine beinahe mädchenhaft zarte Haut. Leere seeblaue Augen. Sie sagte: „Frau Korn, Sie sind es?"

Ich erspare Dir die Einzelheiten, sie lebt dort mit diesem Mann, diesem todkranken Mann ganz allein, vollkommen von der Welt abgeschieden – Jean wäre längst verrückt geworden – und hatte doch ihre jugendliche Vitalität nicht verloren, schien kerngesund, etwas vergesslich, oder wunderlich, doch, wen wunderts, in dieser zwanghaften Einsiedelei.

Meine Schwester blieb über Nacht. In diesem verdreckten, kalten Geisterhaus. In den Zwischendecken und den Holzständerwänden krabbelten Mäuse, oder Wiesel, oder Marder, ununterbrochen, erzählte sie. Nur eine Mutter von vier kleinen Kindern kann so etwas freiwillig aushalten. Sie sagte abschließend: „Ich kümmere mich jetzt um eine 24 Stunden-Betreuung. Du kümmerst dich um dieses arme Haus." Und sie würde mit der Post einen Umschlag schicken, der für mich bestimmt sei. Ein Notizbuch oder so ähnlich fühle es sich an.

21. NOVEMBER 2011

In Patagonien ist Frühling. Ich bin wieder gesund und zähle die Tage. Das Semester endet am 16. Dezember, der Tag, an dem ich losfliege.

Jean war da. Er sah zehn Jahr jünger aus, ich zehn Jahre älter. Das machte sich gut. Er logierte im Scandic Plaza, natürlich war das Stora Hotel seinem Ministerium zu intellektuell und verschlafen. Ich finde, man schläft sehr gut dort.
Im Scandic Plaza, das auch am Storgatan liegt, doch eine Ecke weiter von meiner Uni entfernt, war ich nur stundenweise. Heiße Stunden. Vielleicht hatte ich doch noch ein wenig Fieber. Am Schluss wurden zwei kurze Nächte daraus. Dem Typ an der Rezeption war das vollkommen egal. Gleich am ersten Abend haben wir dort auch sehr elegant gegessen, Jean eröffnete mir seine neue Lebensaufgabe und wir mussten nicht den steilen Hügel hinauf in meinen bescheidenen Vierkanthof fahren. Bei dem Schneetreiben.

Jean fragte mich um Rat, beim Kaffee. Er fragte mich, als wäre ich sein Mann, sein Frau, sein was immer einem am nächsten ist, normalerweise. Ich beobachtete die entspannten Bewegungen seiner schmalen Hände. Die Uhr der Mutter Deiner Kinder schaute ab und an aus seiner linken Manschette hervor, unter dem mausgrauen Shettlandpullover, sie passte an dieses Handgelenk wie an kein anderes.
Ich sagte, selbstverständlich, er verdiene diese Herausforderung, er könne jetzt die Geschichte seines Vaters fertig schreiben.
Dieser Satz schien zu genügen.
Noch im Lift in den 14. Stock fiel er über mich her.

Nun weiß ich es. Nach Patagonien nehme ich Dich in Deiner jungen Version mit.

Und zur Mutter Deiner Kinder, vor Ostern dann.

Wer sonst leistet Robert Meiselsohn Gesellschaft, hilft mir im Garten? Der Las Rocas-Garten ist keine Kleinigkeit und Sylvie muss den Verlust ihrer ältesten Buchen hinnehmen. Gänzlich neue Sichtachsen, die sich eröffnet haben. Du wirst ihr gut raten und ihr Mut machen. Ein Garten wächst ja nach.

Wer sonst begleitet mich, dann, zu dieser fremden Frau, die meine Mutter ist, wird dieses Haus freischlagen, entrümpeln, durchlüften, sanieren?

Wer wird sich kümmern, eine Lösung für diese absurde Verschuldung zu finden?

Wer wird wahrscheinlich notwendige rechtliche Schritte gegen meinen Bruder, Deinen Sohn anstrengen?

Wer wird das durchhalten, neben allen anderen unseren Aufgaben, wer als der junge und entschlossene Kerl, der Du warst, der Du wieder bist und den ich brauche?

Du starbst am 15. Mai, am Samstag vor Pfingsten. Vor neun Monaten.

Der 15. Mai wird Dein Todestag bleiben, in all den Jahren die da kommen. Alle Jahre laufen auf Deinen Todestag zu.

Es wird geben, „als Janusch noch dabei war", und „als Janusch schon gestorben war".

Du lagst im Krankenhaus.

Wasserlunge, Nierenversagen. Der junge, doch schon grauhaarige Oberarzt schaute mich betroffen an, als ich den grünen Gang entlang zu Deiner Tür rannte. Du lagst ganz still. Kaum ein Atem, kaum eine Bewegung. Deine Augen waren schon geschlossen.

Ich nahm Deine Hand, diese gute Hand, diese immer warme Hand, die jetzt kühl war, schon fast blutleer, doch, da war ein Widerstand. Die Adern traten hervor, auf dem Handrücken. Du wusstest, ich war angekommen.

Du weißt, ich bin angekommen und ich weiß, Du bist endlich frei.

Es ist Februar, die Tage werden sachte länger, die Sonne hier oben, im hohen Norden steht nicht mehr ganz so flach über dem Flussufer wie im Dezember noch. Ich war verreist, war im Frühling.

Du warst mit mir, mit den anderen, wir waren oft allein auch, Du und ich.

Die anderen haben uns allein gelassen und wir gingen schwimmen, weit hinaus schwimmen in den See, morgens, vom Tigerauge, der ovalen Felsbucht in Sylvies Las Rocas-Insel aus, da wo das Wasser still und tief und blau ist. Oder laufen, lange Touren durch die blühende Ginsterwelt der Ufer. Oder fischen.

Manchmal war Sylvie dabei, eigentlich war sie immer dabei, wenn ich's überlege, doch die kann ja still sein, einen ganzen Tag lang.

Noch nie habe ich so glücklich geschwiegen, wie mit ihr.

Oder wir arbeiteten im Garten. Du warst dabei, wir haben, mit Peter Ehrenhausens Hilfe – der, dem meine kleinen Helen gefällt, naja – neu angepflanzt. Birken Birken Birken, einige schöne, schon hochstämmige karminrote Buchen, drei goldene Gingkos auch, auf einer kleinen Lichtung gleich neben zwei mächtigen dunklen Douglasien, scharf an den Felsklippen zum See.

Diese jungen Gingkos neben den knorrigen Douglasien schienen Sylvie viel zu bedeuten.

Doch die echte Neuheit im Arboretum sind die asiatischen Zierpflaumen und -kirschen, die wir uns hier am Fluss abgeschaut hatten, Du und ich, im letzten Sommer.

Der letzte Sommer, der erste Sommer, „als Janusch schon gestorben war".

Der traurigste Sommer. Nur Du bei mir. Doch Du warst tot. Und ich musste weiterleben, für uns beide, weiter jeden Morgen das tun, womit Du zufrieden wärst.

Ich, der ich immer gedacht hatte, bald und leicht und unbemerkt zu sterben, musste hier aushalten, diesen Sommer aushalten, den Herbst, den Winter erwarten.

Den eigenen Tod, den stirbt man nur, doch mit dem Tod der anderen muss man leben. Amurkirsche, Vogel-, Nelken-, Traubenkirsche, Blut- und Kirschpflaume – Du sagtest beim Abladen, beim Graben, beim Humussieren, Setzen, Geraderichten, beim Auffüllen und Angießen unermüdlich die lateinischen Namen der verschiedenen Sorten auf.

Prunus maackii, Prunus serrulata, Prunus padus borealis, Prunus cerasifera.

Jetzt kann auch Helen sie auswendig.

Nächste Woche reise ich nach Kairo, den Baufortschritt unserer ersten Stadtraum-Installationen aus Recyclinggut verfolgen. Sachteste Heil- und Linderungseingriffe in dieser dichten und traditionsschweren Selbstbausiedlung, von den sich stetig emanzipierenden, sich gut organisierenden Frauen mit Hilfe der Studenten handgemacht. Die Akupunkturarchitektur, von der ich von Anfang an geträumt hatte, hatte die Menschen vor Ort sofort überzeugt. Eine endlich gefundene Alternative zu den typisch westlich besserwissenden, postkolonialen Totaloperationen. Eine Möglichkeit zur Diskussion, zur Integration, zum gemeinsam zu findenden Kompromiss.

Doch genaues Hinschauen und lang durchdachte erste Vorschläge reichen nicht aus. Erneuerung geschieht: mit den Menschen. Vor Ort. Und sie dauert. Die angesetzte Zeit ist in Windeseile verstrichen und ich hoffe, Jean wird seinen Stiftungsrat zu einer langwierigen Unterstützung dieses Projekts überzeugen können. Denn trotz weiter schwelender Revolten gegen die Übergangsregierung, trotz anhaltender Terrorgefahr gegen die koptische Minderheit setzen die Studenten mit den Frauen an der belebtesten Marktstraße einen echten Neubeginn um.

Trotzdem. Trotz allem, würde Robert Meiselsohn sagen. Und erleben die meisterhafte Fähigkeit dieser Menschen, aus Müll und Schrott, aus Nichts und weniger als Nichts Wert zu schöpfen hautnah mit.

Hier in Moqattam, hier bei den Lumpensammlern wird nichts weggeworfen, hier wird nicht aufgegeben. „Nicht müde werden / sondern dem Wunder / leise / wie einem Vogel / die Hand hinreichen." – genau so, verehrte Hilde Domin! Das so spürbare Selbstvertrauen der Bewohner in ihren trotzigen Glauben, ihre verzweifelte Hoffnung, ihre ureigene Leistung ist eine Lebenslehre für meine jungen, so Wohlstandsstaatsverwöhnten, so gleichgeschalteten Nordlichter. Architektur lehren ist auch das: Neugier auf das Anderssein. Achtung vor dem Anderssein. Lernen aus dem Anderssein.

Bevor ich mich also wieder in dieses anhaltende Abenteuer begebe, lese ich Dir vor, was mir seit dem Flug nach Patagonien auf der Seele liegt.
Nur ich kenne diese Zeilen. Nur ich habe dieses sepiabraune Notizbuch je geöffnet.
Die Mutter Deiner Kinder schrieb es voll. In wenigen Wochen, beginnend am 11. September 1989, zwanzig Jahre nachdem sie uns verlassen hatte. Dann legte sie es weg, fügte viel später, vielleicht nach Jahren, drei lose ältere Seiten unter die vordere Klappe. Band eine feine Paketschnur darum und verschloß es in einem großen weißen Umschlag. Auf dem Couvert stand, in ihrer steilen, eckig sich behauptenden Schrift:
Gast, wo andere zuhause sind. Und zuhause nur Gast.
Im Flugzeug war ich ihr Leser, ihr Zuhörer. Heute bist es Du. Auf der ersten losen Seite steht, mit Schreibmaschine geschrieben:

Für Ernst 18.2.1975

Von Dir hab ich nie Zärtlichkeit empfangen,
Du bist mir immer fern, mein Sohn.
Als wärest Du durch mich wie durch ein fremdes Haus gegangen,
und hättest niemals wissen wollen, wo ich wohn.

Sie dichtete? Hölderlinsch?
Das war mir ganz neu, Du wusstest davon?
Und gar nicht so schlecht. Ich blättere zum zweiten losen Blatt, die gleiche Schreibmaschine, das gleiche Schriftbild, wahrscheinlich eine HERMES aus den 1960ern, wie die weiße HERMES, die heute noch in Deinem Lilienlabor steht:

Die Türme legen Zeugnis ab
Von unserer Sehnsucht, aufzuschauen.
Jemand wird Dir entgegenbauen.

Für Henriette 18.2.1975

Das war mein Traum! Der Traum mit dem Wasserturm, in dem ich Dich wiederfand! In dem ich den Vater fand, den ich nie gekannt hatte, und in dem die Frau, die diese drei Zeilen vor 37 Jahren geschrieben hatte, meiner Schwester wieder begegnen sollte. Der Traum, indem mir meine Sehnsucht, aufzuschauen, bewusst wurde! Indem Du, mein junger Vater, mir Deine Baupläne erläutertest!

Eine Kleinigkeit fiel mir trotz aller erneuter Verblüffung auf. Warum stand mein Bruder vorn, vor dem Vierzeiler, meine Schwester hinten, nach dem Dreizeiler?

Warum bekam Ernst eine Zeile mehr?

Gnädige Hortense, Frau emanzipierte Junkerstochter, war der Erstgeborene doch wichtiger, auch *wenn immer fern, mein Sohn?*

Doch jetzt kam das dritte lose Blatt, das brachte alles durcheinander.

Da ich dann einem Leben starb,
das ohne Sinn und Hoffnung war –
kein Tod ist wahr.

Keine Widmung. Kein Datum. Dafür ein weiterer Dreizeiler auf der Rückseite, die HERMES hatte mit ihren Großbuchstaben, Kommas und Punkten beinahe das Blatt perforiert.

Berühre die Flügel der Engel
mit Leuchtefingern.
Bete den Weisen leise ins Ohr.
Ted -

Ich lese dieses Blatt jetzt zum zweiten Mal. Ich bin getroffen. Ich bin glücklich, vor Trauer.

Dieses *Ted* – am Schluss, kein förmliches Theodor, kein Datum, nur der Gedankenstrich.

Seelischer Sekundentod.

Hoffnungsabsturz.

Wie am Telefon, als sie fürchtete, ich sei Ernst und mich schließlich doch noch erkannte.

Doch noch mal zurück zur Vorderseite. Zur finstren Vorderseite. *Da ich dann einem Leben starb,* diese Schuldzuweisung zunächst, an einen, an mich, der sie im Leben gehalten hatte, in einer Ehe, in schwindenden Hoffnungen. Und doch gab es eine Lösung, *kein Tod ist wahr.* Die Auflösung, die Erlösung vielleicht.

Ich drehe das Blatt wieder um. Nächste Seite, nächstes Leben:

Berühre die Flügel der Engel
mit Leuchtefingern.

Ach, Janusch. Hätte ich ihr helfen können? Hätten wir ihr helfen können? Früher helfen sollen?

Als ich jetzt den leeren Umschlag auf das rote Wollsofa lege, spüre ich durch das Papier, dass in der untersten Ecke noch ein Stück Karton klemmt. Das war mir im Flugzeug nicht aufgefallen. Ich halte das Couvert zunächst gegen das Licht meiner Leselampe. Eine Briefkarte, vorne ein Foto einer Ähre, unter dem Fotorand steckt ein Stiel, wohl der Rest einer echten Ähre, wie triefend romantisch! Ich hole die Karte hervor, drehe sie um. Hellblaue drei Zeilen, die winzige, mit der Tinte knausernde Schrift meines Bruders, der *ERNST* unterschreibt, in Versalien, einmal kalt unterstrichen, *am 15.2.96.*

Was schreibt er da, der gierige Ernst?

Ich brauche Deine Hilfe.
Welche Schuld muss ich büßen?
Ich bin verzagt.

Dreimal ich in drei Zeilen.

Das war also die Masche: Erst fordern, dann winseln. Mir wird schlecht.

Nach einer kurzen Tour durch den Wald, schon im Dunkeln, also Flutlicht, vermummte schlanke Mädels mit wohlerzogenen Hunden kommen mir entgegen – hier in Schweden ist mit der Erziehung von Hunden ebenso wenig zu spaßen wie mit dem Straßenverkehr, den Arbeitszeiten, dem Privatleben und dem Alkohol – schmeiße ich mich unter eine heiße Dusche und schütte dann ein halbes Glas Santa Helena herunter. Die Ähren-briefkarte liegt verkohlt im Abwaschbecken. Ich kratze sie dort mit dem Küchenmesser heraus. Nach dem Abfackeln muss sie jetzt die Nacht über auf den roten Zwiebelschalen im Müllsack liegen, morgen früh wird sie bei -26°C in den Container an der Straße entsorgt. Tod durch Verbrennen. Tod durch Ersticken. Tod durch Erfrieren. Das dürfte Ernst-*Ich bin verzagt* fürs erste reichen.

Jetzt beginnt das Notizbuch der Mutter Deiner Kinder:

11. SEPTEMBER 1989

Vor einem Monat genau treffe ich auf die schreckliche Wahrheit.

Ich schreie seither, am Tag, in der Nacht. Ich schlafe ständig, flüchte mich in grausame Träume. Flüchte mich aus der Hölle, in der ich lebe.

Gerade wieder, ich träume die Wirklichkeit, stelle Breil zur Rede. In einer Mischung aus Indolenz und Frechheit sagt er mir, auf einem Bahnsteig, dass die Andere schon vor längerer Zeit zu ihm gezogen sei. Ich packe ihn am Kragen, will eine Aussage über die Zukunft. Er zuckt die Achseln. Ich will in den Zug neben uns steigen, ich weiß, der Zug fährt jetzt ab, doch, schon auf dem Trittbrett stehend verharre ich, wo ist die Handtasche? Wo ist meine Handtasche? Ich habe keine Handtasche mehr!

Dann ein Kloster, ich suche nach Breil, unter den Brüdern. Ich finde ihn nicht, finde nur ein Kindergesicht, suche weiter. Durch den Kreuzgang gelange ich immer tiefer und tiefer in das Kloster hinein, da ich Breil nicht finde, beginne ich zu weinen. Schnitt.

Ich bin in unserem alten Haus, dem Haus meiner Kinder, dem Haus, das ich mit Janusch baute, das ich dann übereilt und schlecht verkaufte. Es duftet nach Abendessen, ich stehe im Herrenzimmer, offene Fenstertüren zum Garten. Ernst ist Soldat, inzwischen, auch die zwei Kleinen sind nicht im Haus, doch jemand spielt Klavier. Ich will dorthin zurück, in dieses Haus, das Haus meiner Kinder. Ich erwache weinend.

3. OKTOBER 1989

Und wenn ich das alles aufschreiben würde? Diese ganze Geschichte mit Breil?

Ich kann nicht schreiben.

Gerade mal ein paar Gedichtzeilen, weil mein Vater, Ernstl, mich das gelehrt hat. Im Krieg korrespondierten wir in Gedichtzeilen. Frontbriefe, die sich lasen wie Liebesbriefe eines anderen Jahrhunderts.

Ach, Ernstl, wenn Du wüsstest, wie Dein Enkel Ernst Dir unähnlich ist! Dein schieres Gegenteil. Eine stete Enttäuschung. Eine stete Erpressung.

Und jetzt diese schreckliche Wahrheit. Diese schreckliche Wahrheit über mein so glanzvolles, so erleuchtetes, so nur auf mich und Breil bezogenes Leben. Breil hatte eine Andere, seit zehn Jahren, hielt mich geheim, hielt sie geheim, liebte sie doch, wie er mir gestand. Eiskalt, windelweich. Welch ein Schwächling. Welch ein berechnender Schwächling. Genauso schwach und doch klettenhaft präsent wie mein Sohn Ernst. Immer verlangend. Nie gebend.

Immer freundlich zu allen, schmierig freundlich, meinungslos, konturenlos, von allen Frauen angehimmelt, von keinem Mann ernst genommen.

„Der Gutmensch". So hieße die Geschichte, die ich schreiben würde, wenn ich schreiben könnte.

Wieder ein Traum. Ich bin vor Jahren mit Breil und den zwei Kleinen – sie sind noch klein, so klein wie sie waren, als ich sie für Breil verließ – in einem Grandhotel in Budapest. Breil sagt mir, er würde „das weitermachen". Was weitermachen?, frage ich. Mit wem? Er schweigt abweisend. Ich sage:

„Tu es nicht" und will meinen weißen Koffer packen, kann ihn nicht schließen, rufe die Kleinen vom Nebenzimmer, mir zu helfen. Ich rufe, doch noch bevor ich weiß, ob sie zu mir kommen, erwache ich mit Herzrasen.

Darüber nachdenkend erinnere ich mich, dass wir im Sommer vor – wieviel – acht, neun Jahren?, ich muss in meinem Kalender nachsehen, in Budapest waren, und da hatte seine Beziehung wohl schon begonnen. Doch er machte weiter.

10. OKTOBER 1989

Beim Aufwachen weiß ich, man hatte mir im Traum meine Handtasche gestohlen, die kalbslederne aus Paris, meine Lieblingstasche. Ich finde sie wieder, aber sie ist leer. Nach vielen Ereignissen erhalte ich den Inhalt zurück, nicht doch die Papiere, Ausweis, Führerschein. Ich sage mir, einerlei, ich muss ohnehin alle Papiere wieder umschreiben lassen. Hortense Breil, das klang immer schlecht.

Ich habe keine Vergangenheit mehr. Ich habe verlassen. Ich bin verlassen und, noch schlimmer, betrogen worden. Ich habe nur noch die Gegenwart. Oder nichts mehr.

Am Nachmittag noch ein Hoteltraum. Ich sitze beim Friseur nahe der Lobby, versehentlich wird mein Haar rot gefärbt. Ich rufe Breil, damit er sich bei der Geschäftsführung beschwert, doch er setzt sich gar nicht für mich ein, flirtet mit den Friseusen. Ich weiß plötzlich, wo er war, während ich hier saß, nämlich im Zimmer von Miss Lamy.
„Du hast mit ihr geschlafen", sage ich ihm ins Gesicht und er antwortet, geschmeichelt:
„Natürlich." Alle Friseusen sind um ihn geschart, ich frage mich, ob ich verrückt bin? Tatsächlich: die gesamte Atmosphäre ist erotisch aufgeladen, sie könnte mir sogar gefallen, ich schwanke in meinen Gefühlen. Bin ich schon so alt, mich dem Sex ganz zu verschließen? Ich erwache aber und mir ist elend. Unendlich elend.

Ich schrecke aus einem alten, tausendmal geträumten Angsttraum. Ich träumte ihn das erste Mal im Oktober 1980, in der ersten Nacht hier in diesem Haus am Haselweg, das ich für das Leben mit Breil gekauft hatte. Es wird wohl mein letztes Haus werden. Das Haus auf der Lichtung. Im Rücken roter Föhrenwald. Birken und Haseln davor, fast wie im Osten. Das hatte mir gefallen.

Jetzt habe ich keinen Grund mehr, morgens aufzustehen. Keinen Grund mehr, abends einzuschlafen. Wo all dies Leben, das mir noch bleibt, geschieht, ist gleich.

Der Angsttraum also, in meinem Bett lag neben mir Breil, er würgte mich mit der langen Perlenkette meiner Mutter. Ich war sonst nackt. Neben ihm, auf dem Nachttisch saß ein Marder. Der Marder schaute zu, wie ich hier gemordet wurde. Breil sagte, gewandt und seidenweich wie immer:
„Nicht gemordet, meine Liebe, gemardert."

Beginnt dieser Traum also wieder. Mein Alterstraum. Meine Angst vor dem Altern.
„Was will ich noch?", frage ich mich, schon erwacht. Meinen gepolsterten Stuhl, meinen Tisch davor, lesen. Das bleibt mir. Zwischendurch abschreiben, was ich finde, das mich angeht. Die einzige Sicherheit, um zu bewältigen, was mir an Gewalt angetan wird. Doch ich weiß, dass allein das Lesen mich nicht retten wird. Dass es mich umbringen wird.

Wie dieses Leben mit Breil, dieses sprachlose Leben, das jetzt begonnen hat. Es wird mich noch umbringen. Ich werde darin umkommen, in diesem Leben mit Breil. Ein Leben nebeneinander, ohne Gespräch, ohne Auseinandersetzung, ohne Tiefe, ohne Wahrheit. Er scheint ja nicht getroffen, dass ich seinen Betrug entdeckt habe. Er scheint ja vorauszusetzen, dass ich mich ordentlich benehme.

Er sagt hohl:

„Ich will dich doch nicht verlieren, meine Liebe." Er nimmt nicht an, dass ich nochmals zu einem Verlassen fähig sei.

Ein Leben nebeneinander. War es je anders, vorher? Vor dieser Gewissheit, die Betrogene zu sein, die Geduldete, das gewohnte Weib zuhaus, das die neue Geliebte annehmen muss? Das Weib, das annimmt. Oder abgibt. Den Mann abgibt. Den Mann verliert. Allein bleibt, vom Leben vergessen.

Ich weiß also, wie ich hier sterben werde. Neben ihm. Lebend begraben.

Mein Sohn Ernst wird mich indes leersaugen. Mein schlechtes Gewissen auswringen, darin ist er gut.

Ich werde es geschehen lassen.

Die Kraft nicht haben, die zwei Kleinen zu finden, die mir doch helfen könnten, meinen Koffer zu packen.

Im Traum liege ich in violettem Licht und sterbe. Ich bin vergiftet worden, weil ich liebte. Weil ich immer noch liebte. Der Tee schmeckte etwas bitter, seither verdurste ich innerlich, habe hohes Fieber. Das fällt nicht auf, ein Pfarrer kommt, Breil ist in der Ferne, hat die Andere neben sich.

„Wer da ist, hat recht", sagt der Priester und schaut mich mitleidig an, wie ich da so sterbe.
„Wissen Sie, mein Kind, am grausamsten sind die, die nicht grausam zu sein scheinen", er schaut in die Ferne, auf Breil. „Sie aber müssen sterben, weil Sie liebten."

Thomas Mann fällt mir beim Aufwachen ein und sein Doktor Faustus. Ich gehe ihn holen, aus meiner verstaubenden Bibliothek.
„Zeit", verspricht der Teufel dem Romanhelden, „wenn du nur absagst allen die da leben. Du darfst nicht lieben." Als der Held sich wehrt, sich windet:
„Liebe ist dir verboten, insofern sie wärmt. Dein Leben soll kalt sein."
Kalt und ohne Liebe. So ist mein Leben schon jetzt. Dafür lang. Lang an Zeit.

Das war der Pakt also, das ist die Hölle.
Kann man einen Pakt mit dem Teufel lösen?

94

14. OKTOBER 1989

Wir sind nach Frankfurt gefahren, hier gibt es einen Arzt, der sich bei Breils Lähmungserscheinungen auszukennen scheint. Seine alte Freundin Inge ist auch bei ihm in Behandlung. Alte Freundin? Ich glaube ihm nichts mehr. Heute früh stehen sechzig Rosen bei unserem Frühstückstisch im Hotelrestaurant. Seit ich die schreckliche Wahrheit um die Andere, die ebenso geliebte Geliebte kenne, kann ich niemals mehr mit Breil im Zimmer frühstücken. Wie frühstückte er mit ihr? Was taten sie dabei?

Ja, es ist unser Hochzeitstag.
„Sechzig Rosen", sage ich, „welch ein Wahnsinn."
„Die Stechpalmenzweige sind ja unpassend, die habe ich nicht bestellt", sagt er. „Ich finde, sie passen gut, stechen auch gut", sage ich.

Er sonnt sich in seinem Glanz. Die Empfangsdame und sämtliche Bedienungen himmeln ihn an. Ich muss an meinen Traum beim Hotelfriseur denken, der mir die Haare rot färbte.

Es wird bald November sein. Dunkelheit. Ich traure.

Es gab eine Freude, die wird nie mehr wiederkehren. Eine Erwartungsfreude. Breil und ich, wir erwarteten uns. An den Platz dieser Freude trat die Floskel. Das Nichtssagen. Die übertriebene Geste.

Sechzig Rosen, mein Gott! Besser sterben.

27. OKTOBER 1989

Heute ist Ernsts Geburtstag, heute vor dreißig Jahren gebar ich mein erstes Kind, begann mein Familienleben. Das mir zum Gefängnis wurde, für das ich nicht gemacht war.

Für was war ich dann gemacht? Für Ausgehen mit Breil? Golfclubs? Grandhotels? Vernissagen? Konzerte?

Gerechtigkeit geschieht. Von selbst. Sie geschieht. Sie schlägt zu. Auch mich hat sie getroffen, sie wird mich noch erschlagen. Breils Befund ist da. Aufsteigende Muskellähmung. Unheilbar. Doch verzögerbar. Nur eine Frage des Geldes. Es kann Jahre dauern, sogar Jahrzehnte. Nur eine Frage der Pflege.

Ich werde also den Mann pflegen, der mich betrog. Der mir alle Hoffnung, alle Freude, alle Vorfreude nahm. Gerechtigkeit schlägt zu.

Natürlich hat Ernst angerufen. Er brauche wieder Geld. Er käme nächste Woche vorbei, mit seiner neuen Freundin. Managerin oder so ähnlich, in der Pharmabranche, sie hatten sich auf einem Kongress in Den Haag kennengelernt. Sicher Sex am ersten Abend. Er kann ja nicht anders. Sicher ist sie schwanger, sein zweites Kind, das zweite Kind, das ich finanziere. Die zukünftige zweite Ehe, deren Scheidung ich bezahle. Sicher ist sein Job schon wieder dahin, er kann ja niemand aushalten, beziehungsweise niemand hält ihn aus. Mein Sohn Ernst, chronisch eingebildet krank. Chronisch benachteiligt. Chronisch beleidigt. Chronisch hilflos. Chronisch am Rande des Selbstmords. Das chronische Opfer unerträglicher Arbeitsumstände. Schwächling.

Zu dem haben wir ihn gemacht, Janusch und ich, aus lauter schlechtem Gewissen. Aus lauter verkehrten Entscheidungen. „Du bist verkehrt", winselte er als Kleinkind, nächtelang. Wir waren verkehrt, tatsächlich, hätten handeln sollen, uns durchsetzen, ein Leben bauen, ein Vorbild sein. Doch ich lief davon. Ich verriet meine beiden Kleinen, dieses Vertrauen aus himmelblauen, aus wassergrünen Augen. Ich verriet sie, für Breil, für den Verräter Breil –

Wenn Ernst kommt, werde ich ihn nach meinen Kleinen fragen, wie jedes Mal. Die sind jetzt Mitte, Ende zwanzig. Wie sieht ihr Leben aus? Hätte ich nicht doch wieder einen Platz, darin? Er wird das immer gleiche erzählen. Henriettchen lebt in Berlin. Ted studiert in Amerika. Sie wollen mich nie mehr sehen, wünschen mir den Tod.
Ich habe also nur noch Ernstl, meinen Vater. Der liebt mich noch. Doch der ist tot.

4. NOVEMBER 1989

Ich erwache an einer Stimme, die mir sagt:
„Besser Sie sterben mit Ihrem Mann, als ohne ihn."

Ich weiß nicht, wozu ich noch hier bin. Verdammt, weiterzuleben. Ernst war da, er nahm das Geld, quittierte und ging, er fragte nicht einmal, wie es mir geht. Die Frau an seiner Seite ist dunkel und eitel.
„Hi, Hortense", sagte sie. Kanadische Jüdin, vielleicht hatte sie ein interessantes Schicksal? Die Unterhaltung dauerte zwei Minuten, wenn überhaupt.

Warum kann ich meine Kleinen nicht wiedersehen?
Henriettchen wird mir nie verzeihen. Sie war so aufrecht. Sie war mir so ähnlich.
Ted meinte es immer gut. Er war gut ohne Grund. Das kann gefährlich sein, die Leute nützen das aus.

Warum kann ich sie nicht wiedersehen?
Ich habe keine Zukunft, ohne sie. Und doch bin ich verdammt, weiterzuleben.

Breil ist mir ein Rätsel. Er befriedigt sich in Fantasien, er umgarnt mich, als ob dieser schreckliche Graben, dieser Abgrund nicht wäre, dieses nie mehr zu überwindende Misstrauen. Er will Sex. Ein kranker, alter Mann. Will Befriedigung, denkt von morgens an den ganzen Tag an Befriedigung.

Dabei, ich muss gerecht sein, auch ich habe mich befriedigt, in diesem Leben mit ihm: mit Freiheit, dieser so erstrebten, dann so öden Freiheit.
Mit Zeit, der „illuminierten Zeit" des Doktor Faustus.
Mit reisen, mit lesen, mit dem sterilen Anhäufen von Wissen.
Illuminierte Zeit – totgeschlagene Zeit, seien wir doch ehrlich.
Ich habe nur verloren dabei.
Nichts blieb. Keine Wärme. Keine Gegenwart, keine Zukunft.
Kein Ort, an den ich gehören könnte. Kein Ort, wo ich nicht nur Gast wäre, geduldet, auf Zeit.

Hätte ich nur die Häuser nicht verkauft, meine möglichen Heimaten nicht verraten, immer wieder. Jetzt bleibt mir nur noch dieses Haus.
Zwischen den wuchernden Haseln und Erlen, die keiner mehr schneidet.
Unter dem roten Wald, der das Haus langsam erdrückt.

Ich habe Angst vor diesem Haus. Ich traure in diesem Haus. Und wenn ich noch Jahre hier leben muss, mit Breil, werde ich es nicht mehr pflegen, nicht einmal mehr berühren können.
Am 11. August zog ich hier seelisch aus. Am Tag, als ich die schreckliche Wahrheit erfuhr. Durch Zufall erfuhr, ein kleines Missgeschick, eine Vergesslichkeit. Ich kam auf sie, auf die Andere.

Am 11. August, hier an meinem Tisch sitzend, las ich diese Postkarte, diese freche Postkarte, die nicht für mich bestimmt war und die seither in der rechten kleinen Schublade, unter meinen Kalendern liegt. Schwer wie ein Grabstein.

Ein Strandfoto von Phuket, wie kann man da hinfahren?

„Aus unserem Versteck. Lore", schrieb sie.

Meine Seele zog von hier aus, zog sich zurück, wurde lebend begraben.

Warum bin ich hier? Wer hat mir diesen Mann angetan?

Ich selbst. Ich wollte ihn haben, musste ihn haben. So glamourös, so gewandt, nie unfreundlich. Wie war Janusch jähzornig gewesen, menschenfremd, eigenbrötlerisch. Doch – wie war er leidenschaftlich gewesen. Wie zärtlich, wenn ich schwach war. Wie ängstlich, verlassen zu werden. Wo Breil das Alleinsein sofort ausnutzte, wie ich jetzt weiß. Über Jahre ausnutzte. Eine Nächste war immer da. Sofort. In der selben Stadt, am selben Flughafen, im selben Hotel.

Um Mitternacht, oder später

Die Dorfstraße lebt. Im Gegenteil zu mir. Es scheint im Schloss Damtschach eine Veranstaltung zu geben, die Autos wenden mit ihren roten Rücklichtern bei mir in der Einfahrt. Dass sie sich da hineintrauen, zwischen die alles umwuchernden Haseln! Dann fahren sie röhrend den Hang hinunter, fahren los, nach irgendwo.

Ich weiß nicht weiter. Weiß nicht weiter. Weiß nicht weiter. Weiß nicht weiter. Weiß nicht weiter.

Mein Wunsch: Dieses Haus, wieder belebt, endlich licht. Hinaus gehen und den einen oder anderen Nachbarn sehen. Wenn es nicht mehr so weh tut.
Genesen.
Ich bin krank an meiner Seele. Niemand weiß es, außer mir.
Dieses Weh. Dieses Weh. Dieses Weh. Dieses Weh. Dieses Weh.
Zwanzig Jahre sind verweht.
–
Im Morgengrauen hole ich mir Hölderlin. Die einzige Medizin gegen dieses Weh, gegen Weinkrämpfe und Herzrasen. Meine Bibliothek. Man sollte sie mal ordnen, säubern – ich höre ständig etwas nesteln in den oberen Regalen – ich habe keinen Mut mehr dazu, ich habe Angst davor.

Ich könnte meine Vergangenheit lesen, in diesen Büchern.
Eine Vergangenheit falscher Entscheidungen.

Hölderlin also:

„Größeres wolltest auch Du.
Doch die Liebe zwingt alle uns nieder
Und das Leid beugt gewaltiger noch."

Ja, Hölderlin lesen. Ich habe sein ganzes Werk auf meinen Schreibtisch geholt. Er wurde verrückt. 39 Jahre lang hat er dann weitergelebt. Verrückt. Steht mir das auch bevor?

Ernstls Todestag. Mein Vater ist tot. Heute seit genau zwanzig Jahren. Mit ihm versank ein Paradies.
Meine Kindheit, sein stilles Verständnis, sein feiner Anspruch.

Mit Breils Betrug versank das Paradies der hingebenden Liebe. Dreckskerl. Er wird einsam sterben, mit mir neben ihm. Zwei zur Einsamkeit verbannte unter einem erlenschwarzen Dach. Zwei, die sich strafen, auf Lebenszeit.

Ich werde meine Kleinen nie wiedersehen. Und wenn, ist es vielleicht zu spät.
Mein Henriettchen, das immer aufrecht stand. Sich oft selbst im Weg stand.
Mein Ted, der gut war, dessen Güte mich traf, über Ozeane hinweg.

Berühre die Flügel der Engel
Mit Leuchtefingern –

Ich werde hier ausharren und warten. Und Breil hassen, in der Zwischenzeit.

6. APRIL 2012, *Karfreitag*
Capri, Auf Robert Meiselsohns Veranda

Karfreitag vor einem Jahr: Du saßt auf dem Schaukelstuhl, hattest den Rundblick. Hinüber auf die Frühlingswellen, davor die wehenden Zypressen von Lysis. Geradeaus auf den Montesolaro, den imposanten Inselberg, auf den Du noch mit Robert Meiselsohn wandern würdest, und zwar bald –

Ich bin ein müder Ted und bin hier mit Dir.
Auch Robert Meiselsohn ist hier mit Dir.
Jean ist für eine Reformklausur in Paris geblieben. Er baut sein Ministerium um, von der Forschung hin bis zur Entwicklung, ich hab's ja gewusst. Ich fehle ihm, schrieb er heute, doch er wisse, ich sei ja hier mit Dir. *Abwesenheit ist genau das: das nicht mehr teilen können* – Doch genau durch meine Art, Dir nahe zu sein, könne ich doch noch teilen, Dich mitteilen, Dich den andern mitteilen.
Das mag stimmen.
Helen sagte gerade beim Weggehen, zum Einkaufen hinunter ins Dorf und mit großem Lächeln: „Wo du dem Janusch doch am nächsten bist, was kochen wir für die alten Herren?"

Ich sitze hier auf Deinem Schaukelstuhl. Schaukle langsam hin und zurück. Hin und zurück. Langsam und kontrolliert, wie Du immer warst. Meine Glieder sind ohne Kraft, meine Hände aufgeschürft und noch viel mehr zu groß, als für gewöhnlich. Ich habe eine blaue Beule an der linken Schläfe, die immer noch von innen juckt. Heilen scheint zu jucken.
Ich habe drei Wochen lang, die ganzen Osterferien, bei der Mutter Deiner Kinder aufgeräumt. Das Haus leer geräumt von angesammeltem Müll. Sinnlosen Neureichentand entsorgt, einerseits. Verdrängte, echte Kultur freigelegt, andererseits. Die von

Mäusen durchkotete Literaturbibliothek, ein wahrer Schatz, von A wie Alighieri und Allende bis Z wie Zola und Zuckmayer, die habe ich gerettet, jedes Buch gesäubert, die Regale desinfiziert. Sylvie wird ihre Freude haben.

Dann Mozart, den gesamten Karajan, eine beachtliche Auswahl, teils signiert, Salzburg war also mit Schuld an Breils Ruin. Jean wird seine Freude haben.

Ich habe das Haus aufgeräumt, den Garten durchforstet, es kann jetzt atmen.

So bedrohlich ist es nicht, seit die schwarzen Erlen ums Haus, am Bachlauf und der verwachsenen Einfahrt gefallen sind. Unter die steilen Giebel fällt jetzt wieder Licht. Am Morgen ist es plötzlich Morgen. Dann zieht die Sonne durch die Stuben.

Im Erdgeschoss sitzt die Mutter Deiner Kinder den ganzen Tag an ihrem barocken Schreibtisch. Breil habe ich das Bett erhöhen lassen, damit man ihn besser in und aus seinem Rollstuhl heben kann. Die Pflegerin, die meine Schwester besorgt hat, kommt aus Bulgarien und kann schlecht kochen, dafür gut schweigen und lächeln dabei. Die Mutter Deiner Kinder spricht keine drei Sätze am Tag mit ihr, doch Breil ist versorgt, auch wenn er so schwach ist, dass selbst schlafen ihn ermüdet.

Zweimal die Woche kommt Herr Korn, sie ins Dorf chauffieren. Manchmal rafft Breil sich auf und fährt mit. Für die junge Fruhmannwirtin lässt er sich seine Walkjacke anziehen und sich vorher von Korn ein zweites Mal rasieren.

Frau Korn kommt wieder montags morgens und darf endlich putzen, das hatte man ihr seit zehn Jahren verboten. Die ganze Korn-Familie und auch der alte Schweiger, früher der Gärtner hier, halfen an zwei Wochenenden, die Dutzende schwarzer Müllsäcke zu entsorgen, die Ständerwände, die Decken und den Giebel auszuräuchern und das Holz im Garten zu schlichten. Die geschlägerten Erlen waren alle hohl, wären bald aufs Dach und den Weg gestürzt. Die morschen Stämme holte der Verwalter vom

Wernberger Kloster, gerademal gut für seine Hackschnitzelheizung. Doch es blieb uns Brennholz für zwei bis drei Winter.

Dann kam der Maler. Zwischendurch ein Elektriker, ein kauziger Installateur. Alles Nachbarn. Sie waren verwundert, jemand hier anzutreffen, der mit ihnen sprach. Der auf ihren Rat hörte. Wir haben einen Kurzschluss im Dachgeschoss beseitigt, ein Wunder, dass der defekte Elektro-Heizer nicht längst alles in Brand gesteckt hatte. Wir haben die schweren Breilschen Kristallleuchter abmontiert, die das Haus zum Palast verfremdeten – prompt stürzte dem Elektriker der letzte ab, es war schon spät am Abend, und mir aufs Auge. Haben von Kalk zerfressene Armaturen ausgetauscht, eine Teichpumpe wieder in Gang gebracht, die die seit Jahren durchfeuchteten Fundamente dringend drainieren muss.

Der Keller braucht jetzt einen warmen Sommer.

Wir brauchen alle einen warmen Sommer.

Ich richtete mir im Dachgeschoss meine Bauarbeiter-Kammer ein, man sah jetzt wieder auf die Drau, ihren satten Talboden, die markante Karawankenkette dahinter, den Mittagskogel.

Morgens kam ich hinunter und die Mutter Deiner Kinder begrüßte mich mit: „Noch immer am Aufräumen, mein Jungchen?" Diese Frau mit ihren vollkommen leeren Augen kehrte jeden Tag ein kleines Stück in sich selbst zurück. Sie begann zu fragen, wenn ich mir den zweiten Blochschen Barockstuhl zu ihrem Tisch zog und mich ein wenig zu ihr setzte.

Sie wollte alles wissen, sog mein Leben, dieses Wanderleben zwischen gewagten und gebauten Träumen auf wie ein Schwamm. Sie kannte alle meine Orte, war ja viel mit Breil gereist, sogar in Schweden war sie gewesen, die Birkenstadt im hohen Norden war ihr ein Begriff.

„Gewiss, es gibt nur im Himmel Birken, gewiss", war ihr spontan eingefallen, da musste ich kurz ihre Hand nehmen.

Warum ich mit Gummihandschuhen gegen die Mäuse vorging, warum man einen Maler brauchte, warum die anderen Handwerker, warum das Ungeziefer ausgeräuchert, das Hangwasser umgeleitet, das Erlenwäldchen gelichtet gehörten, war ihr jedoch weiterhin ein Rätsel.

„Sonst habe ich meine Häuser um die Zeit immer verkauft", sagte sie.

„Aber diesmal bleiben wir", sagte ich.

Man kann wohl irgendwo bleiben. Aufhören, immer wichtig zu Gast zu sein.

Ich habe mich wohlgefühlt dort, am Waldrand, zwischen den Birken und Haseln, in den letzten Tagen.

Als das Haus voller Licht war.

Der Blick auf den Fluss und die Bergkette – von meinem Dachbalkon konnte ich, bei halb geschlossenen Augen, beinahe Deinen Waldfriedhof ausmachen, an einem nicht fernen Hang, an einem nicht fernen See, in der gleichen böigen Frühlingsluft.

Beinahe die zwei Birken finden, sich in Umarmung stürzende Birken, unter denen wir irgendwann alle begraben sein werden.

Ich habe alles erledigt, bevor ich hierher kam.

Am Mittwoch, vorgestern, ging der Anwaltsbrief an Ernst hinaus. Frohe Ostern dann, Herr Doktor! Der Direktor der Wernberger Bank, Herr Cartamarcia, welch ein treffender Banker-Name, hatte mir beigestanden. Ungefragt. Für die Mutter Deiner Kinder kann er das nicht getan haben, ihr Hochmut ist im ganzen Tal bekannt.

Er kam zum Haus gefahren, blieb weit unten an der Einfahrt, noch auf der Dorfstraße mit seinem dunkelblauen Mercedes stehen und lief schnelle Schritte den Haselweg hinauf bis zum Eingangsbogen auf mich zu.

„Sie haben Licht gemacht!", rief er voller Staunen, und seine Arme beschrieben hohe Kathedralendächer über den Schultern.

Er bekam ein Glas steirischen Sauvignon Blanc in der Stube, der prickelte golden im Glas, golden wie die Eidechsen, die in Las Rocas den Frühling bringen. Der Kachelofen brannte, es war warm im Haus. Cartamarcia stellte sich ans Fenster und schaute ins Tal.

„An diesen Blick hatte ich nicht mehr geglaubt", sagte er. Und legte ungefragt eine Klarsichthülle mit Bankauszügen und Quittungsbögen auf den Esstisch, penibel chronologisch geordnet. Das Haus war zu 70 Prozent im Besitz der Bank, da in den vergangenen Jahrzehnten eine unsägliche halbe Million Euro an meinen Bruder Ernst geflossen war. Ein Wohnrecht war Breil nur aufgrund der langjährigen Beziehungen zum Bankhaus eingeräumt worden, nicht grundbuchlich gesichert, Breil lebte also auf einer Zeitbombe und wusste es. Er war vollkommen mittellos. Er hinterließ nichts.

Keine Spuren. Keine Erben. Keine Inhalte.

Die Mutter Deiner Kinder hatte das vielleicht gerne so kommen sehen. Sämtliche erpressten Geldflüsse an Ernst waren jedoch quittiert und somit nachvollziehbar, soweit war die Mutter Deiner Kinder doch Gutsfrau geblieben. Klare Konten. Bis zum absehbaren Untergang.

Cartamarcia trank sein Glas aus, ich schenkte nach.

„Was gedenken Sie zu tun?", fragte er.

„Bleiben", sagte ich.

Er hatte verstanden, begann neben mir zu telefonieren. Österreichische Banker hatten anscheinend Direktverbindungen zum deutschen Finanzamt, zum Strafregister, zu den Standesvertretungen – ich kam mir vor wie in den abgeschirmten Treffen mit den Beamten des Rechnungshofs zum Nachweis der Geldflüsse auf Haiders Konten, eine Ewigkeit schien mir das her. Resultat: Ernst hatte, trotz der enormen Bar-„Einnahmen" von seiner, unserer Mutter nie Besitz erworben, war zum zweiten Mal geschieden, prozessierte seit Jahren um die Unterhaltszahlungen an seine Kinder, jetzt war zusätzlich ein Verfahren seiner letzten Klinik gegen ihn anhängig. Er war aktuell suspendiert, bei der Ärztekammer seit Jahresbeginn „gesperrt".

Ganz schön arm dran, der Besserwisser.

Die Mutter Deiner Kinder setzte ihn noch am selben Tag auf den Pflichtteil, von einem Erbe, das es gar nicht mehr gab, das er selbst verspielt hatte.

Lügner. Betrüger. Arschloch.

Sie schrieb den kurzen Verfügungstext präzise, ganz wach, in einer immer noch penibel geraden Handschrift. Junkerstochter. Bis zuletzt.

Meine Schwester und ich würden ihn wegen erpresserischen Diebstahls und Betrugs anzeigen, seine jammernden Todesdrohungen, seine Quittungen, seine gefälschten Briefe lagen ja vor, das könnte ihn auch noch den Pflichtteil kosten, den Versuch war es wert. Ich würde das Haus in Raten abzahlen. Über Jahrzehnte. Cartamarcia hatte über seinen neuen, bauverstaubten Klienten geschmunzelt:

„Besser ein langsamer Bauarbeiter als ein schneller Hochstapler", sagte er, verstohlen nach unten deutend, dahin, wo Breil seit Jahren lag. Und litt.

Ja, Breil. Der schnelle Breil. Der seidenweiche Breil. Der uns die Mutter weggeholt hatte.

Sie würde hier zu Ende leben, gut aufgehoben, die Mutter Deiner Kinder, die jetzt wieder lächeln kann mit ihren Augen voller Himmeln. Und dieser Breil, meinetwegen.

Ich hätte einen Ort auf der Welt. Einen Ort, der dauert.

Strahlender Sonntagmorgen draußen, in meinem roten Vierkanthof steht der hohe blaue Himmel und die junge Birke im Rasengeviert reckt ihre drei Kronenzweige hinein. Ein senkrechter
Himmel. Nach oben hin endlos.
Drei Kronenzweige. Drei Zweige, die sich nur in je einem Punkt
berühren. Und sich so nicht wehtun, nicht am Wachsen hindern.
Sich so gut tun.

Du starbst am 15. Mai, am Samstag vor Pfingsten, am frühen
Nachmittag.
Vor einem Jahr.
Der 15. Mai wird Dein Todestag bleiben, in all den Jahren, die
da kommen. Alle Jahre laufen auf Deinen Todestag zu. Es wird
geben, „als Janusch noch dabei war", und „als Janusch schon
gestorben war".

Ich werde unseren Fluss hinauf fahren und Dich ins Brännlands
Wärdshüs auf einen ersten Frühlingsbraten mit Kartoffelrösti im
Garten unter den Ebereschen einladen.
Ich weiß, Du bist neugierig, was in den dichten letzten Wochen
so passierte und ich werd Dir erzählen, wenn wir losfahren, runter in die Stadt, am Kirchpark, am Stora Hotel, am alten Zollhaus
und am Scandic Plaza vorbei, dann den Umeålv flussaufwärts.
Direkt am Ufer entlang, ja, den Weg, den Sylvie uns wies.
Und damit Du das frische Grün der Birken und das Himmelblau dieses Himmels genießen kannst, fang ich gleich jetzt zu berichten an.

Das erste interdisziplinäre Symposium zur städtebaulichen Zukunft
von Umeå, immerhin die europäischen Kulturmetropole 2014, vor
Ostern, hier an der Schule, war ein Erfolg. Lena Johansson, un-

sere Kanzlerin, blieb einen halben Nachmittag, hörte sich die Ideen meiner Studenten an. Dann war ich mit „Redefining Progress" auf der Münchner Baumesse, vor den versammelten deutschen Ministern, der geballten Wirtschaftsmacht einer sich in Hightech-Standards verrennenden Industrie. Nach sechs Stunden langen, brillanten Vorträgen zur Nullenergiearchitektur, die uns vorgaukelten, wir lebten ab 2020, aber spätestens ab 2050 auf der deutschen Insel der Seligen, in einem Überfluss an Energie, die unsere zu Tode isolierten Häuser produzieren und wüssten gar nicht mehr wohin mit soviel Strom, kam ich dran.

Ich sagte: „Keiner verlässt den Saal!" – und begann mit unbequemen Fragen.

Wer würde, 2050, im Falle der Verwirklichung der deutschen Insel der Seligen, noch unser Land beleben?

Ein paar egomanische Technokraten und Besserwisser?

Wem würden wir all diese Energie spenden?

Der Allgemeinheit?

Den dringend gebrauchten Einwanderern und „Gastarbeitern"?

Wir würden sie doch sicher nicht gewinnbringend an Ganovenstaaten verkaufen?

Welcher Allgemeinheit also käme diese Energie zugute?

Einer neuen, kreativen, integrativen Urbanität, einer partizipativen Miteinander-Gesellschaft?

Würden wir zum Land, in dem alle gerne blieben, in das alle gerne zurückkehrten?

Würde Europa zu den vereinigten Bürgersinns- und Bildungsstaaten, die der Globus schätzen, ja schützen müsste?

Zum Tat-Ort von Konvivialität, vom Recht auf Toleranz, auf gegenseitigen Respekt?

Vortragsfinale mit Immanuel Kant, „Vom einfachen Bürger sei verlangt, den für die Aufklärung erforderlichen Mut aufzubringen und sich seines eigenen Verstandes zu bedienen."

Keiner verließ den Saal.

Letztlich kann ich noch berichten, dass beim „Redefining Progress"-Symposium der UNESCO in Paris, daher kehre ich gerade zurück, die Philosophin Martha Nussbaum sprach. Sie hatte es möglich gemacht, Zeit dafür gefunden. Nach meiner kurzen Einführung kam gleich sie. Welch ein Geist! Sie sprach von Verständnis statt von der Interessenpolitik einzelner Gruppen. Sie sprach von Multikulturalismus, der in Europa nicht wirklich versucht worden sei, viel eher in Indien, in Südamerika. Sie sprach von einer dynamischen Mischung nationaler Identitäten, die zu wagen sei, von respektvoller Akzeptanz religiöser und säkulärer Lebensstile.

Jean war hingerissen von ihr. Zurecht.

„Ohne gute Theorie gibt es keine gute politische Praxis", sagte sie abschließend, und: „Gute Bildung, interdisziplinäre Bildung, Bildung über Grenzen und Konfessionen hinweg kann die Stimme stärken und sie befähigen, über die Stimmen des Neids und der Gier zu obsiegen."

In der Backener Kirche, am frühen Nachmittag.

Auf unserem Weg durch den strahlenden Morgen, das hellgrüne Laub der Birken über uns, hast Du endlich wieder Deine lateinischen Namen aufgesagt, im Arboretum. Prunus maackii, Prunus serrulata, Prunus padus borealis, Prunus cerasifera.
Die hatten mir schon so gefehlt!
Dafür habe ich Dich auch nicht mit Architekturgeschichte geplagt, heute.

Der schöne Backener Uhrturm dann, beinahe quadratisch, drei sich nach oben verjüngende Volumen in simpler Addition. Die Glocken schlugen zwei mal, als wir unser grünes Armeerad vor der Kirche abstellten. Zwei Uhr nachmittags, da warst Du losgeflogen, vor einem Jahr, hattest losgelassen, reisefertig.
Die Portale standen weit offen in der Frühlingsluft, wir gingen hinein in die Kirche, der Orgelspieler spielte sich gerade warm.
Weiß getünchte Kreuzgewölbe, hellblaue Glasfenster.

Vollkommener Frieden, in diesem lichten Raum.
Ich zündete eine Kerze an. Und Du sagtest:
„Schönen Dank auch."

Sylvies Tagebuch

Ich bin ohne Worte. Seit Monaten, seit Ted über den Jahreswechsel bei mir in Patagonien war, habe ich kein Blatt Papier zu Ende beschrieben. Dieses Tagebuch ist neu und leer.

Ich habe nichts zu sagen, scheine nichts zu denken, ich bin sprachlos und innen hohl, die Worte kommen zurück, hallend, immer wieder, die wenigen Worte, die wir wechselten. Die wenigen Sätze, die wir uns sandten. Ich bin ohne Worte und voller Echo. Ein Echolot würde fündig Tag und Nacht.

Besonders dann, wenn ich doch wieder allein bin, zwischendurch. Denn ich bin kaum mehr ganz allein. Mein Leben hat sich geändert, ist vollkommen neu. Ich habe Helen, bin sozusagen Mutter geworden. Unerwartet, begeistert.

Mein Leben ist von den Fundamenten auf ein anderes Leben. Kein Einzelgängerleben mehr, das es jahrzehntelang war. Mit Jean, meinem besten Freund, meinem echten Lebens-Gefährten ging ich dreißig Jahre lang meinen eigenen Weg, allein, mal mit ihm, mal neben ihm. Ich liebte ihn und spürte ihn doch kaum, so leicht war er zu ertragen, so leicht entkam er mir, dann. Kampflos gab ich ihn ab. Ich konnte ihn nicht hassen, für seine Leidenschaften. War ich dumm oder weise genug, ihn loszulassen?

Heute lebe ich ein Leben mit dem Kind des Menschen, der mir unendlich gefällt. Mit Teds Kind.

Ted. Mein unerwartetes, totales Glück. Der mich rasend macht in jeder seiner Regungen, der mich berührt in seiner scheuen durch und durch Durchsonntheit.

Mit ihm verbringe ich wenig Zeit, die aber ist so dicht, so zerschmetternd dicht, so körperlich erschöpfend, dass ich mich davon erholen muss, tagelang. Darauf folgen Wochen der beinahe idiotisch wohligen Leere. Eine zarte Leere. Ohne Schaffensdrang. Beinahe ohne Gedanken.
Ich räume auf. Ich binde Rosen hoch, reche Blätter. Ich gehe ins Dorf und bleibe lange bei der Metzgerin, beim Bäcker stehen. Ich ordne die Bücher meines Urgroßvaters neu, die Erstausgaben seiner radikalen Zeitgenossen, die er im Schlafzimmer versteckte. Ich lese mich ein in die Widmungen, bis es fast Morgen ist und die Amseln singen.

In solchen langen Wochen fängt Helen, sein Kind mich auf. Wir kochen Kaffee, am Morgen, bevor sie in die Schule geht. Ich dünste Saucen – ich dünste Saucen! Die drei Menschen, die mich kennen, werden das nicht glauben –, putze Gemüse, backe Himbeerkuchen für sie. Sie kommt herein und umarmt mich, von hinten, wenn ich gerade eine halbe Seite geschrieben habe, die ich gleich wieder verwerfe. Oder sie kommt mit Peter herein, ihre frische Verliebtheit ist ansteckend jung. Sie bringen ihre Angler- und Wanderfreunde nach Las Rocas mit, Asadorfeuer am Abend, einer spielt Gitarre. Silva, der uralte Indiogärtner aus der Baumschule bietet seinen selbstgebrannten Wacholderschnaps an, Elisa, seine Frau brüht Matetee, Pedro, der Fischer erzählt seine Fischermärchen.
Dann singen alle. Die Trauerfelsen der kleinen Las Rocas-Insel schunkeln gegeneinander, das macht Wellen im See.
Zögernd, unmerklich, ohne Geräusch zieht das Glück hier ein.

Und doch lebe ich nicht ausschließlich mit Teds Kind und mit Ted, in der hohlen Stille meines durchechoten Körpers.
Ich lebe wieder mit Jean. Wir schreiben uns täglich. Jeder Morgen beginnt mit „Bonjour ma belle", jeder Morgen!
Waren Philemon und Baucis je so einig? Ich könnte hundert werden, mit Jean. Sehe uns einst in Las Rocas vor der Tür sitzen,

auf den hart geschlagenen Steinplatten, und die Auracaria wirft ihren Nachmittagsschatten auf sein seidig graues Haar. Er meckert, dass die Tageszeitungen hier vier Tage alt sind. Ich lese ihm dann aus Le Monde-online vor. Oder ich lese Tolstoj vor. Vielleicht Stendhal. Heine. Ein paar Psalmen. Augustin. Johannes, den Evangelisten. Wenn ich die Jahreszahlen weglasse, kann er meinen, ich lese neueste Literatur.

Ich lebe also in freier Liebe. In wilder Beziehung. In zwei wilden Beziehungen gleichzeitig, habe Sex mit dem einen, bin verheiratet mit dem anderen, die beiden haben Sex miteinander.

Dem Kind, Helen, ist das vollkommen egal, denn es ist kein Kind mehr und lebt seine eigene erste Liebe, eine gar nicht wilde Beziehung, eine solide, leise sich bauende gemeinsame Geschichte, die Freude macht, beim Zusehen.

Seit dieses neue Jahr begann, ermesse ich was es heißt, nicht mehr allein zu sein. Ich weiß, Helen kommt immer irgendwann nachhaus. Ich weiß, Ted ist in der Ferne, irgendwo, doch er verlangt nach mir. Und noch dazu ist da diese ständige, neue Konversation mit Jean.

Wie könnte ich schreiben, bei so viel Leben?

Mit einem zweiten Kaffee, wieder auf der Veranda

Wo war ich, ja, bei der ganz aufgefrischten uralten Beziehung zu Jean. Der Minister. Er nimmt mich in jeden Winkel seines neuen Alltags mit und befragt mich zu jedem Detail, wie früher, als wir Studenten waren. Blitzschnelle Gedanken in blitzschnellen Email-Nachrichten.

Oft sitze ich und staune über seine vorauseilende Präzision, oft bin ich berührt über sein sich nie Aufsparen, sein sich ganz der Sache hingeben, oft lache ich so laut in meinem alten Räucherhäuschen, dass die gute Elisa durch den Garten gelaufen kommt und fragt, „hay algo divertido?", gibt's was so Lustiges, Señora Sylvie?

Dieser Austausch, er will mit mir sprechen – was er mit Ted seltener tut, anscheinend, in seiner neuen Position, in ihrer beider neuen Position, Traditionalist, der er immer war – kann überraschend tief werden. Wenn er vor seinen Morgenterminen anruft, ist es bei mir in den Anden späte Nacht, dann laufe ich unter dem schwarzen Himmel und dem Kreuz des Südens hindurch zum Telefon im Räucherhäuschen, lege die Beine auf den alten Werktisch meiner Mutter, die Knöchel spüren das abendkühle Leder, das sich speckig um die Arbeitsplatte spannt, und höre ihm zu. Seine warme Stimme kann fordernd, ja dringend werden, wenn er das Thema präzisiert, die Strategie in seinem Kopf sich formt.

Wie er das schafft, dass keiner ihn stört, in jenen Minuten, ich stelle mir die morgenfrische königsblaue Empirepracht seiner Empfangsräume vor, erstes Vogelgezwitscher draußen in den Baumkronen des nahen Jardin des Plantes, die Schritte in den Gängen hinter verschlossenen Türen schallgedämpft durch meterhohe Aubussons. Wenn er dann auflegt, beginnt sein Tag. Er wird Briefe diktieren, Delegierte empfangen, eine Rede schreiben, der Élyséepalast ruft an und zwischendurch wird er, ab und an, durch das offene Fenster auf die belebte Rue Descartes schauen, in die Luft, und mich an.

Ich finde mich also in solch wirklich angenehmen Nachtgesprächen, die mich tief und neuerdings traumlos schlafen lassen. Was soll ich träumen, bei so viel Leben? Eine seelische Befriedigung, heute, dass ich diesen Mann mit kindischen neunzehn, frisch aus dem patagonischen Hochland, vom Ende der Welt nach Paris gekommen, richtig einschätzte, dass ich ihn nie wirklich aufgab – Isaac Loewemann hat er mir verziehen wie ich ihm so einige Widerlinge –, dass sein Geist mich noch immer begeistert.

Ein Glück, dass wir beide durchhielten.

Schon wundersam, noch vor drei, vier Jahren empfand ich mich als alternde Frau, die nichts mehr zu sagen hatte, die nichts mehr erfinden konnte, die leergeschrieben war. Heute bin ich glücklich ohne Worte, höre, schaue nur mehr zu.

Wenn ich nur lieben darf.

Glockengeläut filtert von Marina Grande herauf durch die Pinienkronen, ist es schon elf? Ich muss mich endlich einmal wieder ordentlich anziehen und ins Dorf spazieren. Seit mehreren Wochen auf der Insel und hier bei Robert Meiselsohn zu Gast, habe ich es nur als Ted und Helen da waren ein paar Mal bis auf die Piazzetta und in den Hof des Scalinatella geschafft.

Ted –

wie er an Ostern hier auf der Veranda saß und aufs Meer starrte, Tag um Tag. Vor Müdigkeit grau im Gesicht. Wie der Tod des Vaters noch immer in ihm hockt. Und diese unbekannte, wiederentdeckte Mutter.

Am Abend, wieder auf der Veranda

Der 15. Mai, der Todestag von Teds Vater geht zu Ende. Kein Laut im Haus. Kein Laut hier auf der abendwarmen Veranda. Die schwarzen Zypressen von Lysis, scharf an der Hangkante, stehen andächtig still, wie in der Kirche. Es war ein erster heißer Tag und der Garten atmet die Nachmittagssonne aus. Keine Abendbrise, keine im Wind sich wiegenden Möven. Das Meer liegt wie Blei und man könnte drübergehen, die Bucht von Neapel, wo Teds Vater starb, ist ganz nah.

Ich habe die Leinenhosen gebügelt und führe Robert Meiselsohn zum Essen aus. Er wird mir diesen letzten Tag vor einem Jahr genau erzählen.

„Ich liebe, weil ich liebe;
ich liebe, um zu lieben." Bernhard von Clairvaux

Muss man ein halbes Jahrhundert alt werden, um dieses Hohelied der Liebe zu entdecken?
Ich liebe, weil ich liebe. So einfach.
Robert Meiselsohn ist im Schaukelstuhl eingeschlafen. Es war ein schöner Abend und ich habe ihn zum Glück oft genug zum Lachen gebracht.
Und jetzt lese ich ihn, diesen Text, der mich endlich gefunden hat. Zufall, Fügung: Charlotte von Stein, die Denkmalpflegerin und Teds Jugendfreundin, war in der Karwoche kurz auf die Insel gekommen, bevor sie die Kartause von Padula besuchte, die sie für einen Gartendenkmalpflegepreis nominieren wollte. Ob wir nicht mitkämen, Ted und ich, ein Tagesausflug von Capri aus, am Festland gegenüber, gleich unter Sorrento und Salerno? Und ich musste ihn erst überzeugen!

Ted war ein anderer, als er hier angekommen war, gealtert, gereift. Seine Schultern waren breiter, sein Gang bestimmter. Er hatte eine neue Rolle auszufüllen. Nicht die eines kritischen, kantigen Formers der nächsten, jüngeren Generation – die konnte er gut. Nein, die eines verlässlichen Begleiters der Scheidenden. Er gefiel mir endlos, wie er im Schaukelstuhl saß, in dem jetzt Robert Meiselsohn schläft und so suchend wie erschöpft aufs Meer stierte, auf den Montesolaro, nach meiner Hand tastete, sie küsste, von außen, von innen, geistesabwesend wie ein Kind.

„Die Liebe blickt zu niemandem bewundernd hinauf,
sie schaut auch auf niemanden verächtlich hinab.
Sie betrachtet alle als gleich, die einander vollkommen lieben.
Sie gleicht durch sich selbst hoch und niedrig aus.
Sie macht nicht nur alle gleich, sondern sie macht auch alle eins."

Lieber heiliger Bernhard von Clairvaux!

Die barocke Pracht des Karl V. hätten Sie in Ihrer Kartause in
Padula nicht gewollt. Doch Ihre Lebensregeln, das sich Unabhän-
gigmachen von der Welt, das selbstgenügsam sein und stolz auf
die eigene, auch körperliche Leistung, das kluge Katalysieren der
Kraft der Natur unterschreibe ich sofort.
Wäre ich nicht was ich bin, ich würde Mönch in Ihrem Garten.
Jean würde Mönch in Ihrer Bibliothek.
Ted hätte im Weinberg und Olivenhain gut zu tun. Und Jean und
ich würden täglich streiten, in welches unserer kühlen Kartäuser-
häuschen er abends zum schlafen käme.

„Lerne auch Du, nur aus dem Vollen auszugießen, und wün-
sche nicht, freigebiger als Gott selbst zu sein. Die Schale ahme
den Quell nach: Jener ergießt sich nicht in den Bach oder breitet sich zu einem See aus, ehe er sich an den eigenen Wassern
gesättigt hat. Die Schale schäme sich nicht, dass sie nicht ver-
schwenderischer als ihr Quell ist. Hat sich denn nicht jener
Quell des Lebens selbst, voll in sich und voll durch sich, zuerst
sprudelnd in die nächsten Einsamkeiten der Himmel ergossen
und alles mit Güte erfüllt und dann erst, nachdem er die oberen
und geheimnisvolleren Teile angefüllt hatte, sich über die Erde
ergossen und aus seiner Überfülle Menschen und Tieren dadurch
Heil gebracht, dass er ihr Erbarmen vervielfacht hat? Zuerst hat
er die innersten Tiefen erfüllt, und als er so in seinem großen
Erbarmen überströmte, hat er sich über die Erde ergossen, sie
getränkt und in Fülle bereichert. Handle also auch Du ebenso!

Werde zuerst voll, und dann magst Du daran denken, aus Deiner Fülle zu geben. Eine gütige und kluge Liebe pflegt zuzuströmen, nicht zu verrinnen."

Bernhards 18. Predigt über das Hohelied der Liebe. Der Quell des Lebens, voll in sich, voll durch sich, ergießt sich in die Einsamkeiten der Himmel. Die 18. Predigt. Quersumme 9, das gute Geheimnis, die selbstlose Hilfe, die rückhaltlose Hingabe.

Früh am nächsten Morgen –
Sonnenaufgang hinter Tiberius' Hügel

„Es ist etwas Großes um die Liebe, wenn sie zu ihrem Uranfang zurückkehrt, wenn sie sich ihrem Ursprung wieder schenkt, wenn sie zu ihrem Urquell zurückströmt, um von dem Brunnen zu schöpfen, von dessen Wassern sie immerzu fließt. Unter allen Seelenregungen, Empfindungen und Affekten ist die Liebe das einzige, worin das Geschöpf dem Schöpfer, wenn nicht Gleiches mit Gleichem, so doch Ähnliches mit Ähnlichem vergelten kann."

Man sollte nur noch Mönche lesen.
Dann ist man nach einer durchwachten Nacht nicht müde, nur klarer im Herzen.
Es ist etwas Großes um die Liebe, wenn sie zu ihrem Uranfang zurückkehrt, wie meine Liebe zu Ted zum Uranfang zurückkehrt, zur Liebe zu meinem Vater. Den liebte ich, ursprünglich, ohne Frage. Den kannte ich gar nicht, denn er starb zerschmettert an roten Felsen, im Landeanflug, als ich drei war. Doch zu diesem Urquell strömt meine Liebe zu Ted jetzt zurück.
Diese Liebe ist stark, stärker als wir es sind. Diese Liebe schaut weit voraus und erwartet uns doch. Sie verletzt uns manchmal, sie regt die Seele, eine „Seelenregung", wie Bernhard von Clairveaux so schön sagt, denn ihr Gesetz ist größer, als zwei Menschen es sein können.

Ted. Ich liebe ihn, auch wenn er ganz mit sich selbst beschäftigt ist. Er wird Zeit brauchen, um in die neue Verantwortung hineinzuwachsen, die er sich da auferlegt.
Die fremde Mutter. Das fremde Haus, das er ordnet, um Ordnung zu finden, in seinem Leben. Selbst, wenn er die gar nicht bräuchte, ist er doch so aufgeräumt in sich, läuft auf das Gute zu wie eine Kompassnadel, ganz von allein!

Er meint es gut, will das Gute, ist gut ohne Grund, wie seine ganz in sich gefangene, doch kluge Mutter erkannt hatte, vor Jahrzehnten, aus ihrer schillernden Ferne. Eine Ferne, die schaudern macht, wenn Ted bruchstückhaft zu erzählen beginnt. Er schaut ins Blau dabei. Muss den Blick abwenden.

Ich habe eine Tochter gefunden, unerwartet, ganz plötzlich.

Er eine Mutter, „um von dem Brunnen zu schöpfen, von dessen Wassern die Liebe immerzu fließt".

Glockengeläut in den Pinienkronen, elf Uhr,
zurück auf der Veranda

Ich war unten in La Fontelina schwimmen, so wie am Ostermorgen mit Ted, als er nach langen Tagen auftaute, wir uns im Wasser geküsst haben. Geküsst? Verschlungen. Mehr kann man in morgenwelligem Meer nicht machen.

Ich liebe ihn. Alles an ihm gefällt mir. Seine Trauer. Sein Verstummtsein. Seine Ratlosigkeit. Seine Scheu vor den nächsten Toden, die da kommen werden, bestimmt, der Tod dieses Breil, der Tod dieser Mutter. Sein Sehnen nach Wahrheit, nach Gerechtigkeit, zwischen den Geschwistern. Sein bockiges Bestehen auf der Liebe zu mir. Der Liebe zu Jean. Sein Glaube daran, seine Hoffnung, dass wir uns gut tun, uns nicht wehtun.
Er tut mir gut. Er tut Jean gut.
„Sie schickt der Himmel", sagte ich in einem Pariser Taxi, wir fuhren an der Seine entlang, unsere erste echte Begegnung. Ihn schickte der Himmel, tatsächlich.

„Liebe ich dich – genug?", fragte er mich am Ostermorgen, im Wasser. Man muss ihm verzeihen, er ist vom Tod umgeben. Anhand dieser letzten Grenze, dieser letzten Reise ohne Wiederkehr konnte ich leicht erklären, dass es nicht wichtig ist, ob jemand uns liebt oder wie viel, sondern: wie. Und dieses wie kann nie objektiv richtig sein, es misst sich relativ, in der Bezüglichkeit. Erfüllt uns diese Liebe? Lässt sie uns Flügel wachsen, ist sie der Wind in unseren Segeln, der Quell unseres Lebens? Führt, ergänzt sie unser eigenes Ich, treibt sie uns zur Vollendung hin, ohne uns abzubringen von uns selbst?

„Ich liebe, weil ich liebe;
ich liebe, um zu lieben."

Lieben tut weh. Nicht mehr allein sein, nicht mehr allein leben tut weh. Ich habe den Eindruck, dünner geworden zu sein, eine dünnere Haut zu haben.

Man wird dünnhäutig, wenn man liebt.

Dünnhäutig, hellhörig, man hört das Gras wachsen, wird leicht blöde auch.

Morgen ist der 17. Mai und Jean wird hier ankommen. Ich habe ihm meine unbequeme Mitarbeit an den kommenden Jahressymposien auf Lysis angeboten, in diesen letzten Monaten, die ich nicht schreiben, sondern nur leben konnte. Unbequem deswegen, weil ich ihm seine schöne klassische Strukturierung auf den Kopf stellen möchte. Nicht mehr nur brav nahe, höchstens fächerüberschneidende Disziplinen mischen, die sich seit Jahrhunderten hassen und sich die eigenen Misserfolge gegenseitig in die Schuhe schieben, sondern radikal neue Fragen stellen.

Ich habe für mindestens drei Jahre krause Ideen, und es geht immer nur um dies: In welchen Geisteszustand, Lebensumstand wollen wir den Menschen durch unser Denken und Tun versetzen? Ich will Experten mischen, sie jeweils mit den Augen des anderen sehen machen. Philosophen mit Gärtnern und Ärzten. Weinbauern mit Nanotechnologen. Designer mit Psychologen und Sozialforschern. Irgenwo käme auch die Literatur dazu, auf die ich jetzt aus weiter Ferne schaue, wie auf ein fremdes Land. Denn ich darf lieben.

Und an diesem letzten freien Tag, der Ihnen noch bleibt, meine liebe dünnhäutige, hellhörige, bald ganz verblödete Sylvie Vaughan, lesen Sie bitte endlich die leicht vergilbte Kopie eines alten *Gartenamt*-Artikels, den Charlotte von Stein Ihnen bei ihrer Abreise mit leisem Lächeln dagelassen hat!

„Garten-Tropfen, bei Bedarf einzunehmen" – hatte sie auf das Titelblatt geschrieben. Diese Charlotte schaut genau hin. Oder sogar durch.

DIE GÄRTEN DES MITTELALTERS.
Hortus conclusus für Dichter und Gelehrte

Mitteleuropa, gegen Ende des ersten Jahrtausends.

Die wechselhafte Geschichte der Jahrhunderte nach dem Untergang der römischen Herrschaft schlug sich in der Stadtbaukunst deutlich sichtbar nieder: Die Völker wanderten, erkundeten und eroberten. Wo Barbareneinfälle und Übergriffe durch nachbarliche Fürstentümer gefürchtet wurden, entstanden Mauerringe, Wallanlagen und Aussichtstürme, auf deren Grundrissen man später, im Zeitalter der Feuerwaffen, die „idealen" Wehrstädte der Renaissance erbauen würde.

Diese Mauern blieben im gesamten Mittelalter das Rückgrat eines jeden Freiraums. Allein in ihrem Schutz fühlten sich die Edlen beim Wandeln zwischen duftenden Beeten sicher, die Glaubensgemeinschaften und Wissenschaftler bei der Aufzucht von heilsamen und wundertätigen Pflanzen vor fremden Augen geschützt. Die Mauer umschloss, von blühenden und oft dornigen Hecken begrünt, von Obstspalieren und Weinpergolen umrankt, von Sgrafitto- oder Freskengemälden geschmückt, das stille Rasengeviert des Gartens. So wie einst die Säulenreihe vor den mit Trompe l'oeil bemalten Hauswänden des Peristyls, des römischen Innenhofs der Antike.

Die Tradition der zur Schönheit erhobenen Nützlichkeit der antiken römischen Hausgärten, die, wie wir sahen, oft aus dem gemeinhin angenommenen strengen geometrischen Formenkanon ausbrachen, wurde im mittelalterlichen Wandelgarten der weltlichen und kirchlichen Herrschaftssitze nahtlos fortgesetzt. Aufgrund der verschiedenen fremden kulturellen Einwirkungen bildeten sich aber eigene Stilrichtungen aus: im Süden Europas der sinnliche arabische Garten der Muselmanen, von kostspie-

ligen ägyptischen Wasserspielen und persischen Majolikaverklei-
dungen geziert, im Norden der ganz der christlichen Symbolik
gewidmete, durch seine Schlichtheit und Tiefe bestechende
Burg- und Klostergarten.

Wandelgarten der Minne in maurischem Gewand

Die arabische Kultur der Freiraumgestaltung hatte sich nach
der Eroberung Cordovas im Jahr 750 schnell auf der iberischen,
nach der Einnahme Siziliens im Jahr 965 auch auf der südlichen
italienischen Halbinsel ausgebreitet. Ihre charakteristischen Ei-
genschaften blieben die meisterliche Bewässerung aller in sym-
metrischer Harmonie angeordneten Elemente der Patios, der
nahezu immergrünen Gartenhöfe und die niemals figurative
Ausschmückung durch Kachelmosaike, die das mohammeda-
nische Paradies, das im Koran verheißene Ziel aller weltlichen
Mühen farbig einrahmten.

Nicht im mediterranen Raum heimische, zierende und gleichsam
nahrhafte Nutzpflanzen, Banane, Johannisbrotbaum und Mis-
pel, neben dem wunderschönen Lotusbaum, wurden jetzt über
Andalusien in Süditalien eingeführt. Von diesen bei aller kunst-
vollen Ausstattung immer in bescheidenen Ausmaßen angelegten kühlen Wandelgärten zeugen heute noch die nach den
Vorbildern der Alhambra und des Alcazar angelegten fürstlichen
Gartenhöfe Siziliens, der tyrrhenischen Küste und Neapels.

Um Palermos Stadtschloss der normannischen Könige so wie um
den Sommersitz Favara und die Landvillen Zisa und Cuba außer-
halb der Stadt wurden künstlich angelegte Wasserläufe und
Seen zum effektvollen Rahmen dieser ineinander übergreifenden
Höfe, deren Vegetation Johann Wolfgang von Goethe auf seiner
Reise durch Italien so beschrieb:
„Palermo, Sonnabend, den 7. April. In dem öffentlichen Garten,

unmittelbar an der Reede, brachte ich im Stillen die vergnüg-
testen Stunden zu. Es ist der wunderbarste Ort von der Welt.

Regelmäßig angelegt, scheint er uns doch feenhaft; grüne
Beeteinfassungen umschließen fremde Gewächse, Zitronenspa-
liere wölben sich zum niedlichen Laubengange, hohe Wände des
Oleanders, geschmückt von tausend roten nelkenhaften Blüten,
locken das Auge. (...) An den Pflanzen erscheint durchaus ein
Grün, das wir nicht gewohnt sind, bald gelblicher bald bläulicher
als bei uns. Was aber dem Ganzen die wundersamste Anmut
verlieh, war ein starker Duft, der sich über alles gleichförmig
verbreitete, mit so merklicher Wirkung, dass die Gegenstände,
auch nur einige Schritte hintereinander entfernt, sich entschie-
dener hellblau voneinander absetzten, so dass ihre eigentümli-
che Farbe zuletzt verloren ging, oder wenigstens sehr überblaut
sich dem Auge darstellte."

Die Gärten der Dichter und Gelehrten

Und nicht nur Goethe blieb „überblaut" beeindruckt – im Garten
der Villa Ruffolo in Ravello mit seinem arkadengeschmückten
Innenhof und seinem römischen Pergolagang zum Aussichts-
plateau über dem Meer erkannte auch Richard Wagner seinen
Zaubergarten zu Klingsor. „Feenhaft" und „von wundersamster
Anmut" waren diese Gärten den nordischen Besuchern die ideale
arkadische Szenerie der sinnlichen Eroberung. Genauso, wie sie
schon der Minnesang Jahrhunderte früher verstanden hatte.

Die Zusammenstellung von duftenden und auffällig blühenden
Essenzen erfolgte nach dem additiven Prinzip, eine formale und
inhaltliche Harmonie aller „Protagonisten" anstrebend, was
in den zeitgenössischen Schriften und Illustrationen, so dem
„Rosenroman" oder Boccaccios „Commedia delle Ninfe fioren-
tine" nachvollziehbar ist. Die ausführliche Beschreibung einzelner Blüten und Sinneswahrnehmungen in Pomenas „ummauer-

tem Garten, von weinbewachsenen Wandelgängen durchzogen, von Rosen und Jasmin durchduftet" macht uns die minimalistische Ausschmückung der Aussichtsaltane und Gartenhöfe edler Landsitze und befestigter Burgen vorstellbar.

Die wissenschaftliche Dimension dieser Kunst, die Veredelung heimischer Arten und die Akklimatisierung exotischer Zier- und Kulturpflanzen – erste Mispeln, Kartoffeln und Mandarinen gediehen in den Botanischen Gärten von Neapel, Padua und Palermo – sowie die Optimierung des Ackerbaus aus römischer Tradition verfolgten die Klöster und einzelne Privatgelehrte wie Pietro de Crescenzi, der in den ersten Jahren des XIV. Jahrhunderts ein an Albert von Bollstädts Standardwerk orientiertes Garten- und Wirtschaftsmanual, die „Ruralia Commodora" verfaßte.

Hier werden, nach Anleitungen zum Ackerbau, zur Wein- und Obstkultur und zur Gutsverwaltung allgemein, im achten Buch drei verschieden große Lustgartentypen beschrieben: Kleine „Lustgärten aus Kräutern", großzügigere „Gärten der mittleren Personen" und aufwendige „Lustgärten von Königen und anderen vornehmen und reichen Herren", die in ihrer jeweiligen Ausstattung wenig später über die Manuale Peschels und Furttenbachs im deutschsprachigen Raum bekannt werden sollten. Der eigene Garten de Crescenzis, eines weit über seine Heimatstadt Bologna hinaus bekannten Rechtsgelehrten und Literaten, war, wie der Garten des Petrarca in den Hügeln von Padua und die späteren literarischen Gärten aus Polizianos „Stanze" und Torquato Tassos „Gerusalemme liberata", ein kleinteiliger und geordneter Kräuter- und Obstgarten, ein dem Garten Eden nachempfundener *locus amoenus*. Dicht umschlossen von hohen Taxus- und Lorbeerhecken sowie vom schattigen Gemäuer der Wohngebäude wurde er als Innenraum gelebt, als *kepos*, der fruchtbare Mutterschoß, Quell allen Lebens.

Diesen individuellen Lebensquell machten Peter Behrens, Heinrich Tessenow und Leberecht Migge, Carlo Scarpa und Pietro Porcinai im XX. Jahrhundert zu einem demokratischen Recht auf

Glück: in ihren Wohn- und Siedlungsgärten schufen sie intime grüne Lebensräume für die breite Bevölkerung.

Medea, Hera und Maria im Paradiesgarten

Die sagenhaften griechischen Fruchtbarkeitsgärten von Osiris und Adonis überlebten in vielen Regionen Italiens in den traditionellen Getreide- und Kräutertöpfen. In Sardinien wurden sie zum Johannistag, in Sizilien auch zu Ostern verschenkt, ein Brauch, der bis heute gepflegt wird. Boccaccios Heldin Lisabetta von Messina hatte im „Decameron" das Haupt ihres ermordeten Geliebten in einer irdenen Schale geborgen und mit Basilikum bepflanzt, das dann unter ihren Tränen zu duften begann.

Im Garten, der die geliebten Toten barg, erstand die Seele zum ewigen Leben. Diese Symbolik, die vom Christentum aus der Antike übernommen wurde, macht die vielfach im Paradiesgarten dargestellte Jungfrau Maria, Mutter des unsterblichen Heilands, zur Erbin der griechischen Göttinnen.

Waren Artemis, der späteren römischen Diana, Nussbaum, Eiche und Wacholder, die Päonie und die alle weiblichen Leiden heilende Artemisia zugeeignet, beschrieb Homer in der „Odyssee" Circe, die römische Feronia, inmitten aller giftigen und verzaubernden Heilkräuter, den „traurig" genannten *pharmaka*. Calypso hingegen lebte in einer Grotte, umgeben von fruchtbarem Wein, von Veilchenwiesen und Selleriebeeten, von Thujen-, Zedern- und Zypressenhainen, Erlen- und Pappelalleen, einer schon zur Landwirtschaft kultivierten Landschaft also, in der die römischen Fruchtbarkeitsgöttinnen Pomona, Flora, Pale, Termine und Demetra dann ihre endlosen Obstbaumreihen, ihre Weinberge und Ulmenwäldchen anlegen konnten, wie Ovid es in den „Metamorphosen" überlieferte.

„Gärten, duftend von goldenen Blüten, mögen sie hegen / Und

der Hüter vor Dieben und Vögeln mit weidener Sichel, / Vom Hellesponte Priapus, er möge sie schützend bewahren! / Selber bringe den Thymian und Schneeball vom hohen Gebirge, / Wem diese Sorge obliegt, und pflanze sie rings um das Haus an; / Selber härte durch Arbeit die Hand er, stecke die frischen Pflanzen selbst in den Grund und begieß sie mit freundlichem Regen! / Ich aber, wenn ich nicht schon vor dem Ziel meiner Arbeit die Segel / Einziehen müsste und eilig mein Schiff zuwenden dem Lande, / Würde vielleicht, welche Sorge und Pflege der fruchtbaren Gärten / Schmucke, besingen, die zweimal blühenden Rosen von Paestum, / Wie die Endivien sich freuen am getrunkenen Wasser des Baches, / Und die Ufer, vom Eppich grün, wie gewunden im Grase, / Bauchig sich auswächst die Gurke, und auch die Narzisse, die spät erst, / Blüht, würd' ich nennen, die Ranken auch des gebognen Akanthus, / Fahlen Efeu und Myrte, die liebt die Gestade des Meeres." (Vergil, „Georgica")

Die große Medea verwischte die Spuren der Zeit mit Hilfe ihrer von heilsamen Essenzen gefüllten Blumenkörbe, während die römische Göttermutter Hera vorzugsweise umgeben von Granatapfelbäumen und Lilien in ihrem Garten der Fruchtbarkeit am Quell des Flusses Sele weilte. Dem Urgarten, *kepos*, der alles wachsen machte, selbst die goldenen Äpfel der Hesperiden.
Auch der christliche Paradiesgarten, der den fruchtbaren Wandelgarten der antiken Göttinnen mit der Hoffnung auf Auferstehung und die Läuterung der unsterblichen Seelen bereicherte, erhielt sich in Anlage und Ausstattung die traditionellen mediterranen Elemente, die den Hausgarten der Antike ausgemacht hatten. In den Kreuzgängen und Wirtschaftshöfen der Mönchsorden, später in den minimalistisch realisierten „idealen" Hausgärtchen der Kartäuser erblühten jetzt aber, vor fremden Augen von Weißdorn-, Taxus- und Lorbeerhecken geschützt, erste von Kreuzfahrern ins Land gebrachte Tulpen, Hyazinthen, Flieder- und Mimosenbüsche zwischen den heimischen Salbei-, Rosma-

rin- und Lavendelpolstern, den Obst-, Wein- und Rosenspalieren. Dieser Mikrokosmos des Friedens und der Stille brauchte Ordnung, und die gezähmte Natur grenzte sich gegen die Wildheit und Wildnis jenseits der Mauern ab. Die Jungfrau Maria inmitten ihrer allegorisch bedeutsamen Blumen war die Herrin dieses Gartens. Sie ließ ihn von den fleißigen Mönchen und Nonnen pflegen.

Mönchische Gartenkunst

„Siehe, da wächst auch der Kürbis. Aus / winzigem Samen zur Höhe reckt er sich, streut mit den Schildern der / Blätter riesige Schatten", schreibt Bruder Wahlafrid Strabo, der Gärtner der Insel Reichenau in seinem Traktat „Hortulus".

Kürbis, Mohn und Minze, Rosen, Veilchen und Lilien in ordentlichen Beetreihen, schattige Oliven- und Lorbeerwäldchen zum beschaulichen Wandeln, jenseits der Klostermauern Felder, Kanäle und weinumrankte Alleen in rhytmischer Reihung, soweit das Auge reicht: so erweiterte sich der „Garten" des Mittelalters zur „Gartenlandschaft" der urbar machenden Orden. Die meditative Abgeschiedenheit, die schon Jesus im Olivenhain gesucht hatte, um dem Vater in gänzlicher Einsamkeit nahe zu sein, erkannten die Klostergründer als Grundvoraussetzung mönchischer Lebensregeln.

Dem Kirchenvater Augustin geschah im Garten seiner Herberge zu Ostia die ersehnte Erleuchtung, der heilige Bruno versammelte seine ersten Schüler im wüstenhaften Talstreifen des Desert de Chartreuse. Den uneingeschränkten Einsatz seiner Jünger bei der Fruchtbarmachung des von gottesfürchtigen Gönnern geschenkten Landes wollte er „mit den Früchten des Paradieses" belohnen.

Durch Schenkungen des Adels, der in den Ordensburgen eigene Nachkommen platzieren konnte, hatten die nach den Regeln des heiligen Bernhard von Clairvaux im fruchtbaren Süditalien gegründeten Kartausen S. Stefano in Kalabrien, Galluzzo, S. Martino und S. Lorenzo in Padula schon zu Lebzeiten des heiligen Bruno Ausdehnungen von nahezu 3.000 Hektar erreicht. Die Urbarmachungen griffen auf die römische Einteilung des Bodens in von *cardus* und *decumanus* begrenzte Bebauungsquadrate von 710 Meter Seitenlänge zurück.

De Crescenzis nicht nur mehr auf optimale Rendite, sondern auch auf eine ästhetische Wertung der Landschaft zielenden Ratschlägen folgend, wurden unregelmäßige Feldstreifen, die sich durch Besitzerwechsel ergeben hatten, aufgekauft und begradigt, da „(...) bei den Äckern am meisten eine schöne Lage erfreut, ferner aber wenn es nicht lauter unförmige Ackerstückchen sind".

Das ordenseigene Agrarland wurde nach den jeweilig herrschenden Bebauungstraditionen, der Misch- oder der Dreifelderwirtschaft bestellt, die sich im neapolitanischen Küstenbecken in der Obst-, Oliven- und Weinkultur, im padanischen Pobecken in endlosen Mais-, Reis- und Kornfeldern bis heute erhalten haben. Carlo Cattaneo beschreibt noch in der Gründerzeit, in den 1850er-Jahren, das Verständnis von Landschaft als vom Menschen mühsam „erschaffene" Lebensgrundlage, als Träger von Kultur und Tradition. Der Klostergarten, Initiationsweg der christlichen Tugenden, charakterisierte diese Landschaft und vereinte als Versuchsgarten zur Veredelung der Arten die spirituellen und wissenschaftlichen Ausrichtungen der Ordensführung.

Die Kartause von Padula

Als im frühen XIV. Jahrhundert zahlreiche Kartausen als Reformklöster mit eremitischer Lebensregel auf italienischem Boden entstanden, wies die mönchische Gartenkunst schon eine lange Tradition auf, wobei in Süditalien maurische Stilelemente vorherrschten, so im als „Paradies" berühmten Kreuzgang der Kathedrale zu Amalfi. Mit Lesenen verzierte Arkadengänge rahmten hier einen in quadratische Rasenflächen aufgegliederten Gartenhof ein, der mit seltenen Heil- und Duftsträuchern, Osmanthus und Olearia, Jasmin, Myrthe, Purpursalbei und Lorbeer bepflanzt war. In den reformierten Ordensregeln findet dieser dekorative, ja repräsentative Kreuzgang keine Erwähnung mehr. So wie alle exzessiven Ornamente, die von der Besinnung auf die göttliche Ordnung ablenkten in der Architektur der Kirchen und Klöster abgeschafft wurden, so auch jeglicher sinnloser Sammlerwahn in der Gartenarchitektur. Der Garten war wieder intimer Lebensraum, das Umland wurde Kulturland.

Die Gestaltung der Hausgärten der Mönchszellen war gänzlich den Vorlieben der einzelnen Klosterbrüder überlassen. Fruchtbringende und heilsame Essenzen fügten sich in individueller Zusammenstellung zu meditativen Kunstwerken, eine kompositive Auffassung der Gartenkunst, die Hofmannsthal später der Dichtkunst gleichsetzte: „Der Gärtner tut mit seinen Sträuchern und Stauden, was der Dichter mit den Worten tut: er stellt sie so zusammen, dass sie zugleich neu und seltsam scheinen und zugleich auch wie zum ersten mal ganz sich selbst bedeuten, sich auf sich selbst besinnen."

In langen Jahren der Quellenstudien und archäologischen Untersuchungen zur Erhaltung der Kartause von Padula südlich Neapels arbeitete der Gartenschriftsteller und Bildhauer Alessandro Tagliolini den Unterschied dieses privaten Grüns mit dem ummauerten kollektiven Klausurgarten außerhalb des Klosterkomplexes in Vegetationsaufnahmen und der beispielhaften Neuanlage einzelner Mönchsgärten und des Priorgartens heraus.
Der Hausgarten der Mönche diente der Besinnung auf die Schönheit der eigenhändig kultivierten Natur, wobei vorzugsweise anspruchslose Essenzen verwendet wurden: die im Volksmund nach den gärtnernden Brüdern benannten Kartäuserveilchen, -nelken, -lilien und „Madonnenaugen", die die Lebensideale Armut und Keuschheit verkörperten. Im großen Wandelgarten jedoch, nach

dem Desert de Chartreuse des heiligen Bruno *Desertum* benannt, wurde Wein, Obst und Getreide in sprichwörtlicher Geduld zwischen schattigen Zypressen- und Lorbeeralleen angebaut. Die geometrische Auslegung dieser Spazierwege, die ihren perspektivischen Abschluss im Priorgarten vor der Seitenfront der Klosteranlage und in kreisförmigen Ruhe-Exedren fanden, erinnerte in ihrer Gitterform nicht nur an die römischen Centuriae, sondern auch an das Martyrium des heiligen Lorenz.

Das *Desertum* vereinte in seiner schlichten Regelmäßigkeit die Frucht der körperlichen Arbeit und die Erhabenheit der gezähmten Natur – bedeutete also Maß und Schutz für die einsiedlerisch lebenden Klosterbrüder. Wussten sie doch, wie Rilkes Mönch, um die Öde und Gefahr des brachen, unbebauten Landes, das sie außerhalb der Ordensgründe umgab.

„Und wenn ich abends immer weiter ginge
aus meinem Garten, drin ich müde bin, –
Ich weiß, dann führen alle Wege hin
zum Arsenal der ungelebten Dinge.
Dort ist kein Baum, als legte sich das Land
und wie um ein Gefängnis hängt die Wand
ganz fensterlos in siebenfachem Ringe."

Sicher schon nach eins, auf der beinahe heißen Veranda

Ich gehe mir eine Karaffe Wasser holen und frage mich: kann es sein, dass sich Parallelen in der Weite des Universums treffen? Die Ähnlichkeit zwischen Rilkes Desertum und Teds Beschreibung der Tsunamiwüste in Banda Aceh, die damals in der New York Times erschienen war, ist zu frappierend! Wie war das öde brache Land von Herrn Rilke?

„Ich weiß, dann führen alle Wege hin zum Arsenal der ungelebten Dinge. Dort ist kein Baum, als legte sich das Land ...“

Und was hatte Ted über seinen Sumatraeinsatz geschrieben, Weihnachten 2004, in einer von ungezähmter Naturgewalt zerstörten Stadt?
„Die lange Allee zum Meer führt über eine Brücke, an der sich Schlamm staut, meterhoch.
Hier hatten die Wellen dann angehalten.
Plötzlich ein Lichtwechsel, keine Bäume, keine Schatten, keine Häuser mehr ...“

Ach, Ted –
Wie er diese Mutter wiederfindet, ohne müde zu werden, eine Mutter, die er für immer verloren glaubte. Im *Arsenal der ungelebten Dinge.*

Hätte ich nur die Chance, meine Mutter wiederzufinden. Ein einziges Mal.
Meine Mutter, die Selbstmörderin.
Die ich an einem eiskalten Pfingstmorgen, ich war gerade dreizehn Jahre alt, in der Bucht des Tigerauges treibend fand.
Den starren Blick in den Himmel gerichtet.

Mit diesem Bild,
hier hatten die Wellen dann angehalten,
lebe ich jeden Tag. Und jede Nacht.
Was hätte ich – noch ein Kind und doch! – für sie tun können,
was ich nicht tat?

Zwei Uhr, mitten in der Nachmittagssonne

Ich bin eingeschlafen über Rilkes Arsenal der ungelebten Dinge und beginne zu träumen. Ich stehe in einem finstren Krankenhaus, auf einem dunkelgrünen Gang. Teds Vater fragt aus einem gleißend weißen Raum:
„Und *Ihre* Mutter dann, die konnte keiner retten?"

Ich träume. Und frage mich selbst dabei, wie das geht? Wo ich doch nicht mehr träume, seit ich lieben darf?
Der Traum geht los, er kommt von weit her, spüre ich, mit großem Schwung. Es ist, und ich weiß das ganz genau, der Morgen vor Weihnachten 1967, in Steckborn am Bodensee:

Da ist Christl, meine Mutter, sie ist müde. Vom Leben müde. Ihr natürliches Lebensgefühl, seit sie geboren ist.
In dem kleinem Haus am See, in dem sie sich mit Rena getroffen hat, vor drei Tagen, nachdem sie aus Patagonien losgeflogen und in Zürich gelandet war, läuft die ganze Nacht schon leise „Where did the night go" in der Endlosschleife.
Christl flüstert die Worte mit, die Gil Scott-Heron da in ein Radiomikrophon gesprochen hat, im Rhythmus seines Herzschlags, ein Lebensmüder so wie sie.

Long ago the clock washed midnight away
Bringing the dawn
Oh God, I must be dreaming
Time to get up again
And time to start up again
Pulling on my socks again
Should have been asleep
When I was sitting there drinking beer
And trying to start another letter to you

Don't know how many times
I dreamed to write again last night
Should've been asleep when I
turned the stack of records over and over
So I wouldn't be up by myself
Where did the night go?
Should go to sleep now
And say fuck a job and money
Because I spend it all on unlined paper and can't get past
"Dear baby, how are you?"
Brush my teeth and shave
Look outside, sky is dark
Think it may rain
Where did
Where did
Where did?

Diese Stimme, dieses Zögern, dieses rauchige auf alles Verzichten im verzweifelten Begehren –
Christl ist weggelaufen. Sie hat Pierre verlassen und ihr eigenes Kind, mich, die kleine Sylvie. Ein dreijähriges Kind! – Where did the night go, seither? Sie hat nicht mehr geschlafen. Nicht im Flugzeug von Buenos Aires über Rio nach Zürich. Nicht in der ersten Nacht hier mit Rena. Kaum in der zweiten Nacht. Kaum in dieser Nacht.
Sie kann die Lüge nicht länger ertragen.
Dieses Kind ist nicht von Pierre. Ein Kind ohne Namen. Ein blondes Naturkind. Pierre hat es nach seinen patagonischen Wäldern getauft. Sylvie. Na gut. Doch dieses Kind kommt ganz woanders her. Dieses Kind gehört Rena. Christl liebt nur sie, seit sie denken kann. Der Vater dazu war dann ein Zufall. Ein gemeinsames Schwachwerden auf einer nächtlichen Terrasse unter dem fatalen Sternenhimmel der Sahara. Siwa. Dieser Ort würde auf Sylvies Stirn eingebrannt bleiben, ihr Leben lang.

Christl kann nicht schlafen. Sie kann seit der Geburt dieses Kindes nur mehr mit Betäubung schlafen, hat angefangen, gläserweise Gin zu trinken. Cointreau, wenn sie in Europa ist, der nach ihrer Jugend am Bodensee schmeckt. Rena liegt neben ihr und atmet gleichmäßig, wie ein von langem Training erschöpfter Schwimmer, Reiter, Läufer, egal. Sie haben sich in den letzten drei Tagen sicher elfmal geliebt. Christl ist glücklich mit ihr. Sie machen sich glücklich. Sie lieben sich im Verborgenen, doch ein Leben entsteht daraus, ein Leben der tiefen Abhängigkeiten. Nur Rena könnte sie in diesem Leben halten!

Rena, die eines Tages – das zwölfte Schuljahr begann mit einem Nebelmorgen, der klammgrau vor den Fenstern hockte – im Klassenzimmer stand. Die Neue. Die Griechin. Wie alle Kinder im Internat aus zerbrochenen reichen Ehen. Oder aus der über alle Ozeane verschworenen, immer tragischen Intellektuellenclique. Die reiche-Ehe-Kinder waren gut gekleidet, drogten sich, schaufelten sich nur für erpresste Belohnungen durch die Tage und Klassenarbeiten, litten an Langeweile und blieben unter sich. Die anderen, die armen, die tragischen, schrieben herbstliche Gedichte auf einsamen Stegen, hörten sich gegenseitig in die Seelen und das Gras wachsen, spielten Theater, rauchten, malten und litten an sich selbt. Ab und an gab es einen Selbstmordversuch, eine am Erfrierungstod gefährlich nah vorbeischrammende Nachtwanderung. Eine Bande Hippies eben.

Rena mit ihren dunklen Augen, die von unerkannter Leidenschaft sangen, mit dieser leisen Stimme, diesen verhaltenen Bewegungen, diesem klassisch zarten Deutsch, das sie wie ein Holzentchen am Band durch die Odyssee ihrer so flüchtigen wie märchenhaften Jugendheimaten gezogen hatte. Haiti. Alexandrien. Athen. Sie war nicht zuzuordnen. Die reiche-Ehe-Kinder beschnupperten sie. Da war ein Zauber, hinter dem Millionen stecken konnten. Für die Hippies war sie zu rein, zu unabhängig, ihr Profil zu perfekt, ihre Eleganz verdächtig.

Rena gehörte nirgendwo dazu. Sie war von nirgendwo. Sie blieb allein.

Christl verfolgte sie. Ihre Augen klebten an ihr. Sie ging ihr nach, vorsichtig, mit klopfendem Herzen. Sie fand Strategien, ihr nahe zu sein, sie studierte ihre Wege und Vorlieben, arangierte über lange Wochen die zufällige Begegnung.
Endlich fand die statt.
Im frühen Frühling, eines Sonntag morgens. Christl war als erste vom Frühstück aufgestanden und zum Zeichnen an den See gegangen. Im Ried beim Anlegesteg nisteten die Schwäne, die portraitierte sie den ganzen Winter schon in ihren gewagten Kurven. Nach einer gemütlichen Stunde ließ sich Rena auf der anderen Seite des kleinen Schulsegelhafens auf dem Rudersteg nieder. Die Sonne wärmte schon. Sie schlug ihr Buch auf. Und schaute herüber.
Sie sahen sich an. Es waren gute hundert Meter Distanz und doch war dieser Blick nahe genug, er schnitt sich wie ein glühender Draht in die Luft, in den See, ins Fleisch, Christl stand auf und lief und kam an und kam niemals mehr los von diesem Mund, von dieser Haut, von dieser Sicherheit der Geste, von dieser taumelnden Tiefe der Leidenschaft.

Für Christl begann ein Nonnenleben, als Rena dann nach Athen studieren ging. Als Rena dann Louis kennenlernte. Als Rena dann zu ihm nach Paris zog.
Christl war sich selbst nichts wert und schenkte sich dem Handwerk. Das hatte Wert an sich, das gab den Wert der Tat zurück.
Sie könnte ihr so sehr versehrtes, so vergangenheitsloses Leben auslöschen in dem, was sie da schuf. Die Malerei ihres Vaters war ihr unmöglich gewesen. Zu sehr hatte der sich an Chistl gehängt, sie zum Zentrums seines Daseins gemacht, nach dem frühen Tod ihrer Mutter, die sie nie erlebt hatte und die doch überall im Haus präsent war. Die Malerei also niemals, diesem trauernden Mann nah sein auch hier, ein Albtraum, doch das

Handwerk, das Goldschmiedehandwerk, das hatte Dauer und das war in sicherer Entfernung, in der Stadt. Zürich, eine mögliche Flucht.

Dieses Handwerk barg Schönheit, eine Schönheit, die aus der Demut entstand. Nicht die Schönheit der Kunst, die stolz ist und kalt und, wenn sie es dann vermag, distanziert und überraschend trifft. Sondern die Grazie der Hingabe, ein sachtes Tasten, ein respektvolles Anerkennen der Steine, die sie wählen, fügen, nie verletzen durfte, der Metalle, die es zu treiben, zu hämmern, zu formen galt.

Rena und sie trafen sich weiter, heimlich, regelmäßig, diese Liebe wurde zum Schwur. Diese Liebe fing sich in sich selbst. Sie war jedesmal neu. Ihre Liebe im kleinen Seehaus, das Renas Mutter auf den Steckborner Seespitz hatte bauen lassen, war jedes Mal ein erstes Mal.

Doch jetzt ist alles anders. Christl hat das stille Gesetz gebrochen und ist dem Leben da draußen weggelaufen. Es würde zu einer Aussprache mit Rena kommen, vielleicht heute, vielleicht morgen. Christl würde alles akzeptieren, es ist ihr ja alles einerlei, wenn nur Rena ihr bleibt.

Gil Scott-Heron kommt gerade wieder bei
Because I spend it all on unlined paper and can't get past
"Dear baby, how are you?" an. Schön, ferne Freunde zu haben, die genauso ausweglos unterwegs sind. Man wird sich im Jenseits zusammensaufen, unter Lebensmüden und Selbstaufgebern. Denn Christl weiß, dass Renas Lebensplan ein klarer Fall und nicht zu diskutieren ist.

Rena war allein geblieben, seit damals am ersten Tag im Klassenzimmer, hatte sich dann zielsicher und still die Gefährten dieser Einsamkeit gesucht. Nach Christl war Louis nun ihr zweiter Lebensmensch geworden. Das hatten beide, die Freundin, der Freund, zur Kenntnis und hinzunehmen.

Eifersucht hatte es nie gegeben, dafür war Christl sich gar nicht wert genug, doch ein Alleinbleiben hatte für sie begonnen, ein auf sich zurückgeworfen sein, ein krasses an die Wand laufen ihres irren Sehnens – dann dieser Unfall der Schwangerschaft.

Draußen auf dem See lauert der Morgen, ein lauer Morgen in einem lauen Winter, die Uferlichter der Dörfer gegenüber verzerren sich in feuchtem Grau, das Wasser droht tief. Zwei leere Cointreaugläser stehen auf dem Klapptisch vor dem Fenster, winzige Eisinseln schwimmen noch darin, der Aschenbecher läuft über.

Dieses Glashaus. Es ist zu schön für einen allein, doch zu offen für zwei, wenn sie sich nicht gerade lieben. Eine optische Linse, ein Fernrohr, man schaut auf die vermeintlich idyllische Höri, das Versteck einer einst hierher vertriebenen, jetzt hier verhockten Avantgarde. Dieses Haus ist zum Lieben gemacht. Man kann sich mit Blicken verfolgen und nicht mehr loslassen, man kann sich ausziehen mit den Augen in diesem Nichts an Widerstand, diesem Durchscheinen und doch nicht Durchsehen, diesen Spiegelungen und Transluzenzen der vom See und vom Himmel und vom Schilf und vom Wind durchflirrten Glasflächen. Man kann sich verfolgen dabei, sich zu berühren, zu erobern, sich lange Momente zu ergeben, einzustürzen – in eine Seele, in der die eigene widerklingt. Das Nachklingen macht Echos auf den Glasflächen, bricht sich, spiegelt sich, schnellt in ungeahnter Geschwindigkeit zurück. Man kann sterben dabei.
Christl wäre jeden Augenblick der vergangenen drei Tage liebend gern gestorben. Denn da ist keine Zukunft in der Welt dort draußen. Keine Zukunft mit Rena. Sie liebt nur sie.

Christl war schwanger geworden nach der Nacht im Haus des Wüstenfreundes, dieser einen, einzigen Nacht, vor vier Jahren. Rena und sie waren angekommen, nach lichtblinder, endlos wilder Fahrt, von Kairo aus. Erst hoch ans Meer und dann nach Südwesten, an der libyschen Grenze entlang durch die felsige Sahara. Christl hatte Angst gehabt, diese Weite der Wüste, die einen rief, in ihrer wortlosen Größe! Rena hatte sie den ganzen langen Tag über festgehalten, als ob sie fühlte, wie Christl sich in dieser Weite verlor. Sie umarmte sie, sie küsste sie sogar. Gegen Abend, als es querfeldein auf und ab über steile Dünen ging und schnell dunkel wurde, verschlangen sie sich im Fond des rüttelnden Defender. Die zwei Beduinenfahrer schauten sich nicht um, die waren in sich selbst verliebt.

Der Wüstenfreund hatte sie im Palmenhain seiner Karawanserei inmitten der Oase erwartet. Siwa. Es duftete nach Minze und Kohlenglut. Windlichter aus milchweiß durchleuchtetem Salzstein wiesen den Weg ins Haus.
„Es gibt keinen Sieger außer Gott" stand auf schmalen Kachelmosaiken, die über den Sitzkissen des Eingangshofs eingemauert waren, geschrieben. Rena, hellwach, übersetzte aus dem Arabischen und verwickelte ihren Studienkollegen und einen „Freund der Familie", wie sie ihn vorstellte – welcher Familie? Hatte Rena eine Familie, außer dieser stets abwesenden, buchstäblich unfassbaren Theosophenmutter? – umgehend in eine Diskussion.

„Es gibt keinen Sieger außer der Erkenntnis", widerlegte sie die Koranzeile. Stille stand zwischen den abendwarmen Lehmwänden. Die zwei Beduinendiener verschwanden lautlos mit dem Gepäck.
Der Wüstenfreund ging voraus, eine kühle in die Mauern gefügte Kacheltreppe hinauf, an deren dunklem Ende eine Dachterrasse lag. Silbernes Nachtlicht hier, nur die Sterne als Zimmerdecke. Das philosophische Gemetzel begann. Rena war bestens gelaunt, sie liebte Abenteuer und konnte baden darin wie ein Schwamm. Sie ließ dem Freund, dem jungen Hoffnungsträger dieser Oase, keinen Heimvorteil. Der war froh um den Besuch, eine Abwechslung im sandigen Alltag seiner Verpflichtungen. Er hatte dieses immense Anwesen im letzten Jahr für seinen Vater, Alexander Nikolajewitsch Romanow, den russischen Revolutionär und Freiheitskämpfer eines ersten arabischen Frühlings über-

nommen. US-Spione hatten ihn im letzten Kriegsjahr 1945 in den angrenzenden Grabhöhlen lebend eingemauert. Der Sohn, von Beduinen großgezogen, war ein rares Gemisch, die Haut schien aus Samt, die Augen lagen golden in tiefen Höhlen – eine männliche Sphinx.

„Was wir wissen ist ein Tropfen / was wir nicht wissen ist der Ozean" – nahm er jetzt, gelassen, mit einer Sufizeile das Gespräch wieder auf und schenkte Gin und Tonic aus eiskalten Karaffen ein. Die verliebten Beduinen waren lautlos wieder aufgetaucht und hatten eine Bar und einen gedeckten Tisch auf das dunkle Ende der Terrasse gezaubert. Die Dattelpalmen schabten ihre Fächer an die Lehmfassade, ein Schleifen und Raunen und Wispern war in der Luft, als jetzt der Nachtwind vom nahen Gebirge fiel. Über den Rand der Balustrade sah man die Salzseen der weiten Oase im Mondlicht liegen, ihre hell verkrusteten Ufer spiegelten sich angetrunken in den Eiswürfeln. In der Ferne der Dünen stieg Dunst auf, da waren die warmen Quellen, die würden Rena und Christl morgen erkunden.

Sie waren Gäste, die dem Freund gefielen, das war offensichtlich. Seine Augen saugten sie auf wie ein Schilfrohr das Wasser. Christl fühlte sich hier ganz sonderbar sicher, auf dieser hohen Terrasse mit dem im Nachtwind flatternden Tischtuch und den ausglimmenden Kerzen. In der lautlosen Präsenz dieser schönen Diener. In den lodernden Augen dieses Fremden. Einem Sammler rarer Augenblicke. Einem geborenen Voyeur.
Rena schien immer noch nicht müde. Ein Florettgefecht zweier uralter Kulturen fand hier statt. Und der Gin ging nicht aus. Irgendwann zogen die Diener sich zurück, der Freund servierte Traubenröllchen in warmem Dattelwein ganz allein.

„Dessert im Desert" – in Wortspielen war Rena so gut wie in Liebesspielen. Sie lagerten auf großen weißen Kissen unter dem endlosen Nachthimmel und besprachen die Sternbilder. Christl schlief weg in der gleichmäßigen Melodie ihrer Stimmen, in der raschelnden Weichheit ihrer Gesten. Sie schlief sich weg aus einer Welt, in der sie sich nicht liebte und war für Momente ihr Mittelpunkt. Die Nachtkühle kam, sie merkte sie war nackt. Rena umarmte sie von hinten, küsste sie im Nacken. Und da war auch der Freund, sein Geruch nach Kräutern und sonnentrockener Haut, sein gewichtloser Körper. Christl hatte keine Zeit, um an ihre bedrückende Unerfahrenheit, ihre Angst vor Männern zu denken. Die Vergangenheit war eine Erdumdrehung weit entfernt. Und Rena war ja da. Sie liebte nur sie.

Es gab keine weiteren Abende auf der Terrasse. Der Freund war beschäftigt, wohl hatte diese Nacht nie stattgefunden. Vom nächsten Morgen an entdeckte Rena das Wunder von Fathys Lehmbaulehre und seiner natürlichen Klimatisierung, der wahre Grund dieser Reise. Christl und sie waren tagelang in der Oase, in den Werkstätten und Bauhütten, auch in den nahen antiken Grabstätten des Bergmassivs an der Grenze zu Libyen unterwegs.

Der Winter kam und Christl fand sich an ihrer Züricher Werkbank wieder, sah ihrem Bauch beim Wachsen zu. Sie würde dieses Kind behalten. Es war Renas Kind. Sie liebte nur sie.

In meinem Traum graut der verwässerte Morgen. Ein Nieseln ist um den See, diese Wintermorgen ohne Kontur, ohne Mövenflug, mit nassen Haubentaucherkarawanen im wippenden Schilf. Gleich nach ihrer Rückkehr aus der Wüste hierher war Christl dann Pierre über den Weg gelaufen. Gelaufen eher nicht, er stand ihr im Weg. Sie wollte die kleine Treppe zur Führerkabine der „Winterthur", die sie über den See bringen sollte hinauf, wie jedesmal bei ihren Überfahrten Richtung Zürich, und da stand er, breitschultrig und ganz abwesend und schaute ihr direkt in die Augen. Als ob er sie genau hier und genau jetzt erwartet hätte. „Der Schnittpunkt zweier Parallelen in der Weite des Universums", hatte er verlegen lächelnd gesagt. In einem etwas altmodischen Deutsch. Nicht aus der Gegend, das war sofort klar.

Noch dazu offensichtlich leicht kauzig. Er lächelte weiter und schwieg und verlor den Blick im herbstkrausen Wasser. Christl blieb bei ihm auf der zweiten Treppenstufe stehen. Dieser große Bub machte ihr keine Angst. Er war zum Anlehnen geschaffen. Es war ihr wohl in seinem Windschatten, die ganze Überfahrt lang.

Sie gingen dann schweigend nebeneinander von der Schiffsanlegestelle zum Bahnhof, bestiegen den selben Zug nach Zürich, gingen den selben Weg in die Altstadt hinauf. Er hätte in der Künstlergasse links zur ETH abbiegen müssen, da sagte er seinen nächsten halben Satz:
„Auf ein Glas, ins Schober?" Das lag auf Christls Weg in ihr Dachzimmer über der Werkstatt. Sie nickte also. Als Pierre die Schwingtür des Cafés geöffnet hatte und sie die Mäntel ablegten und ins obere Gastzimmer gingen, da, wo auf den Trompe l'oeils der Wände uralte Nillandschaften griechischen Tempeln zu Füssen liegen, wo amazonische Dschungel toskanische Villen verschlingen und wo türkische Moscheen sich vor strahlenden Andenvulkanen verneigen, hatte die endlose Weite des Universums sich blitzschnell auf einen einzigen Tatort konzentriert: Über den schwarz flimmernden kleinen Bildschirm, der in der Ecke des Andenvulkans an der Wand hing, lief eine weiße Laufzeile wie auf einem Fernschreiber. Schreibmaschinenbuchstaben druckten sich einer nach dem anderen ab, dazu das charakteristisch gleichmäßige Tippgeklapper: „Dallas 22. November 1963, 19.47 MEZ – Präsident J.F. Kennedy erliegt seinen Verletzungen."

Mit diesem großen Tod und mit einem winzigen Leben in ihr, von dem sie noch überhaupt nichts wusste, begann die Geschichte mit Pierre.
Sie saßen den ganzen Abend bei goldenem Aigle. Sie sprachen nicht viel. Pierre war der Bruder, den Christl nie vom Leben geschenkt bekommen hatte. Er war freundlich, bockig und: immer anderswo. Doch er schaute sie von der Seite an, wenn sie sprach. Als ob er beim Schauen seine Gedanken ordnen könne.

Er schaute sie an aus hellgrün verwindeten Augen.

Ein Eroberer war er nicht.

Christl schien sogar, dass er keine Ahnung vom Erobern hatte und und das machte sie neugierig. Sie hätte diese Distanz gern gebrochen, wie damals, mit Rena. Nur war da diese Spannung nicht. Das war der Unterschied. Rena hatte sie geliebt, sofort, für immer. Pierre war ihr vertraut. Scheu, klug, voller geheimer Tiefen. Ein möglicher Verwandter. Sie waren sich ähnlich. Irgendwie kam es dazu, dass er sie nachhause brachte. Christl ging die enge Außentreppe ihres kleinen Handwerkerhauses voraus, so wie sie am Nachmittag die Stahlleiter der „Winterthur" hinaufgestiegen war, auswendig, ohne nachzudenken. Auf der „Winterthur" hatte Pierre ihr *im Weg* gestanden. Jetzt, hier, im Hirschengraben und nach einigen Gläsern goldenen Aigles stand er gerade recht *am Weg*. In Christls Dachstube angekommen schliefen sie angezogen auf dem Sofa ein. Zwei müde Geschwister.

Doch am Morgen. Christl war wie immer früh erwacht und hatte sich in dieser Umarmung wiedergefunden. Eine breite Brust hinter ihrem Nacken, man konnte den Kopf zurücklehnen und ihn liegen lassen, ohne zu schwer zu sein. Man konnte den ganzen Körper nach hinten fallen lassen und der wurde getragen, als sei er gewichtslos. Ein Grashalm auf ruhigem See. Er war warm. Er atmete gleichmäßig. Und er roch gut. Nach nichts. Nach Wiesen und Bäumen vielleicht. So wie Renas sphinxäugiger Wüstenfreund, nur vertrauter. Ab und an grunzte er kleine Seufzer, wie ein Kind. Sie könnte es ja ausprobieren. Eine kleine Eroberung. Ein Zeitvertrieb in ihrer selbstgewählten Einsiedelei. Es würde sicher nicht dauern. Ihr Leben war ja nicht wichtig, sie war sich selbst ja nichts wert und wenn, dann gehörte sie Rena. Sie liebte nur sie. Und ihr Handwerk, das war ihr Halt.

Da erwachte er, es war eine kurze Leidenschaft, der Christl von außen zusah: sie beobachtete ihn, diesen großen Buben, bescheiden, robust, der sich bisher an immenser Natur gemessen hatte, das roch man aus all seinen Poren –

Da klingelt das Telefon.

Christl schaut auf die Zeitanzeige der Stereoanlage. 08.57, die Nacht vor der heiligen Nacht ist in Schlaflosigkeit vergangen. Wie warm ihr ist! Die Erinnerung an diesen ersten Abend, diesen ersten Morgen mit Pierre ist ganz nah, wärmer, ja heißer, als die Wirklichkeit je war. Eine Welle von Sehnsucht überkommt sie, wie kann das sein, wo doch Rena neben ihr liegt, Rena, die sie liebt, mehr als ihre eigene Existenz?

Und doch ist sie voller Dankbarkeit für Pierre. Sie hat ihn nie geliebt, aber sie ist ihm immer dankbar gewesen. Das Telefon klingelt. Immer noch.

Long ago the clock washed midnight away
Bringing the dawn
Oh God, I must be dreaming
Time to get up again
And time to start up again
Pulling on my socks again

spricht Gil Scott-Heron schleppend in sein Radiomikrophon. Warum wacht Rena nicht auf und geht an den Apparat?

Should have been asleep
When I was sitting there
And trying to start another letter to you…

Christl nimmt den Hörer ab. Sie erkennt die Stimme, sofort. Amalita, Pierres Tante. Eine der Las Rocas-Geborenen. Eine Außergewöhnliche, die Schwester von Pierres Mutter, die sich in der Hauptstadt ein Vermögen angeheiratet und in Forschung und Kunst gesteckt hat. Eine epochale, doch kalte Figur – wie sie Renas Mutter ähnelt! Christl hat sie nur wenige Male getroffen. Ihre Stimme ist keine alte Stimme. Sie sagt:

„Christl." Macht eine Pause. Über die Weite des Ozeans echot das „Christl" sich flach.

„Ich wurde gerade von der Flugwache angerufen. Kind, komm nachhaus." Dann Stille. Oder ist es die schlechte Verbindung? Christl versteht den Sinn dieses Anrufs nicht.
„Bring deine Freundin mit, wenn du meinst."
Eine Moralpredigt, per Telefon? Von einer Frau, die sie kaum kennt? Und was hat die Flugwache damit zu tun?
„Christl, Pierre ist tot", sagt Amalita da, unverhofft direkt. „Er ist abgestürzt, ein Sandsturm über dem Indianerland, auf dem Heimflug, im Morgengrauen." Es gibt ein Rauschen in der Leitung. Christl findet ihren Atem nicht. Pierre ist abgestürzt. Jetzt ist ihr Tod beschlossen. Jetzt ist sie endlich so weit.
„Christl, du kommst. Sylvie braucht dich", stehen da Amalitas letzte Worte über dem Atlantik. Christl kann nicht antworten. Sie nickt bloß. Am anderen Ende der Leitung scheint dieses Nicken angekommen. Dann zischt es. Die Verbindung bricht ab.

Draußen graut der verwässerte Morgen. Ein Nieseln ist um den See, diese Wintermorgen ohne Kontur, ohne Mövenflug, mit nassen Haubentaucherkarawanen im wippenden Schilf.
Der Himmel ist dunkler als vorhin. Denn Pierre ist tot.

Christl dreht sich zu Rena. Die sitzt hellwach ans Kopfende des blendend weissen Bettes gelehnt. In ihre schwarzen Augen ist der endgültige Abschied graviert.

Where did the night go?
Should go to sleep now
And say fuck a job and money
Because I spend it all on unlined paper and can't get past
Dear baby, how are you?

Christl steht wie ferngesteuert auf. Sie zieht sich an, die Jeans, die Stiefel, den Shettlandpullover, der kratzt etwas auf ihrer heissen Haut, im Nacken und auf den Handgelenken. Sie dreht sich nicht mehr um, die späte Nacht ist plötzlich Tag, sie wird den ersten Bus nach Winterthur erwischen und direkt zum Flughafen weiterfahren. Ihre Umhängetasche und der Trench liegen noch genauso reisefertig auf der Küchentheke wie vor drei Abenden, als sie angekommen war.

Gil Scott-Heron ist gerade wieder beim Ende seines Sprechgesangs, den er seit Stunden durch das kleine Haus flüstert.

Schön, ferne Freunde zu haben, die genauso auswegslos unterwegs sind.

Look outside, sky is dark
Think it may rain
Where did
Where did
Where did?

Traumschnitt.

Zehn Jahre später sitzt Christl, meine Mutter an ihrer Werkbank im Räucherhäuschen von Las Rocas. Sie liest. In der Bibel.

Sie schlägt die Bibel zu, der Goldschnitt flackert auf, schreibt eine Zeile auf ein weißes Blatt.

„Ein geängstet und zerschlagen Herz wirst Du, Gott, nicht verachten." Psalm 51:17.

Es ist der Pfingstmorgen. Es ist ihr letzter Morgen. Ich werde sie im Tigerauge finden. Kältestarr. Grausam schön.

21. MAI 2012, *Capri, auf der Zehn-Uhr-Fähre*

Meine Fähre legt hupend ab.

Die Morgensonne strahlt über Tiberius' Hügel, die Pinien und Zypressen werfen lange Schatten bis hinunter in die Hafenmole. Oben an der Hangkante steht Lysis, die tempelartige Villa auf ihrer Höhe – die feinen Scherenschnitte ihrer ansteigenden Balustraden spielen kokett mit dem Gegenlicht:
Jeans Lebenswerk im Gleichgewicht zwischen Absturz und Haltung.
Heute ist Helens Geburtstag. Sie wird achtzehn. Zu ihrem Einundzwanzigsten, da bin ich altmodisch, werde ich ihr Las Rocas überschreiben. Sie hat das Glück dorthin zurück gebracht.
Ich werde fortan da sein, wo man mich braucht. Licht machen in finstren Vergangenheiten. Nichts mehr haben, nur noch sein.
Denn ich darf lieben.

Ein halbes Jahr später, 24. DEZEMBER 2012, *Kärnten*

Den Haselweg hinauf

Ich gehe den Weg hinauf. Ein etwas kältestarrer Salamander quert von rechts nach links, Glück bringt's, denke ich und: Der Winter kommt. Schnee hängt in der Luft. Noch ein zwei Tage und die Karawanken werden sich in weiße Tücher hüllen, schon sind die Nächte kalt genug. Am Morgen kleidet feiner Reif die übernebelten Haseln und Birken in knirschende Tücher. Ich kehre vom Sternberg und dem kleinen Damtschacher Schlossfriedhof zurück, bin die große Runde gegangen, in den wenigen Stunden, die es hell ist, um diese Jahreszeit. Unten im Dorf böllert es. Wohl eine Tradition hier, wie an Ostern so zu Weihnachten. Schwarze Rauchwölkchen steigen aus den Wiesengründen, in die sich die Jugend verschanzt. Man feiert die Geburt des Herrn, mit genügend Glühwein und Lagerfeuern.

Heute ist Weihnachten.
Vor gut acht Wochen bin ich hier angekommen, an diesem mir unbekannten Ort, in diesem mir unbekannten Land, mitten im Herbst, einem goldenen Herbst der vom Winter sang. Vom Winter, vor dem ich sonst fliehe.

Ahmed Abdullah hatte mich gebeten gehabt. Hierher gebeten. Am Telefon. In drei leisen Sätzen. Auf diese feine, etwas abwesende Art, die sein Nicht-am-Leben-hängen, doch Für-ein-Leben-leiden preisgab. Wir hatten uns an dieser angeborenen Melancholie sofort erkannt.
Im Péret war das, wo wir uns zum ersten Mal trafen, der kleinen Weinbar am Daguerre-Markt, meinem „Dorf" in Paris. Dort hatten wir an einem warmen ersten Samstag im September unter

dem alten Ladenschild „Weine und Kohlen Péret" – das, was man in einem Stadtwinter zum Überleben braucht – gesessen und zu den üblichen versalzenen Nüsschen den üblichen göttlichen Chablis getrunken. Am Ende wohl eine ganze Flasche.

Dieses Blind Date habe ich als das aufregendste Treffen meines Lebens in Erinnerung. Denn Ahmed Abdullah hatte mich nach allen Regeln der Kunst schon Monate zuvor in Paris ausfindig gemacht, über die ägyptische Botschaft kontaktieren, über den Kulturattaché einladen und mich dann den Treffpunkt wählen lassen. Der angekündigte Name allein ließ mich schon tagelang vor dem Treffen von Lawrence von Arabien und dem Englischen Patienten träumen. Und natürlich kam auch der Traum von meiner Mutter zurück, die Geschichte von Christl und Rena, die sich liebten, wie ich sie in den unwirklichen letzten Tagen auf Capri in dieses Tagebuch geschrieben hatte.
Eine Liebe, die zum Leben zu kalt war, die sich erst im Tod erfüllte.

Seit meiner Rückkehr nach Paris schaute ich in die Gesichter des Todes. Man wendet sich ab von ihnen, sonst. Ich schaute sie an. Ich sortierte sie. Ich beschrieb sie, konsequent, brillant, überzeugend wie sie sind. Der kerkerhafte und der befreiende Tod. Der in Verzweiflung stürzende und der versöhnende Tod. Der fahrige und der bedachte Tod.

Als ob ein Leben sich erst im Tod beweist.
Als ob der Tod jedes einzelne Leben besitzt, vor sich hertreibt, dann erlöst. So wie die Liebe.

Dieser Breil etwa. Der war im späten Frühjahr gestorben. Friedlich in seinem Bett, wie ein Kind. Im Leben eine Last, befreite er im Tod. Ted hatte erst wenig erzählt, das würde noch kommen, das brauchte Zeit. Doch über den Sommer, so sagte er, wurde seine Mutter frei. Herausgelöst aus krustigen Formen und Konventionen, endlich abgrundtief, urkomisch! Sie wurde frei für Ted.

Er blieb bei ihr. „Welch ein Sommer", hatte er öfters, fast ungläubig geschrieben. Es muss fröhlich, ja kindisch zugegangen sein! Der Tod dieser Mutter dann, zu Mittsommer, im Zenit des Jahres. Es gab wohl eilige Tode, wie es eilige Geburten gab. Kaum kam sie vom sonnigen Hortensienbeet bis in ihr Bett, da war sie tot. Im Leben eine Flucht, im Tod eine Gewissheit. Der Tod, der Sinn stiftet. Der Tod, der alle Sinnentleerung löscht. Der Tod, der versöhnen kann, und der vollendet. So wie die Liebe.

Dr. Ahmed Abdullah also, welch ein schöner Name, ein literaturbesessener Wüstenprinz? Ein Jäger und Sammler rarer Begegnungen, so selten wie ich, das war allseits bekannt, Einladungen zu Gesprächen mit Fremden annahm? Immerhin hatte der Kulturattaché sich geradezu überschlagen vor besten Referenzen. Und ich würde ja sehen. An einem Spätsommerwochenende in Paris war ein Treffen auf dem Markt sicher kein Risiko und, wenn bedeutungslos, bald überstanden. Ich hätte dann noch einen frischen Brie und den scharfen Ruccolasalat vom Auvergnebauern gegenüber eingekauft und wäre so bestens über ein einsames Wochenende gekommen. Jean war in offizieller Mission in Palästina. Ted bereitete seine neue Meisterklasse vor, für die er diesen Sommer in den Süden Schwedens berufen worden war. Vielleicht käme er spät in der Nacht angefahren. Jetzt wusste man ja nie. Gegen seinen bisher lästig weiten Norden war Malmö geradezu ums Eck.

Ich hatte mit Ahmed Abdullah dann aber den ganzen Tag und sogar den Abend verbracht. Hatte Ted und alles andere vollkommen vergessen. Dieser stille alte Herr war mir endlos vertraut. Sein schütteres seidiges Haar, seine tiefliegenden Augen und die fliehenden Schläfen, auf denen die Adern hervortraten wie bei edlen Vollblüterköpfen erinnerten mich an Jean. Scheue Wüstenpferde, stets aufmerksam, immer fluchtbereit. Seine Hände aber waren groß und trocken wie die von Ted. Man hätte sie gerne angefasst. Sie wärmten schon von der Ferne. Er zeichnete, modellierte in die Luft beim Sprechen. Manchmal modellierte er nur und schwieg dazu. Dann lehnte er sich zurück, an den speckigen Rücken der Lederbank des Péret und schaute durch seine ovale Nickelbrille hinaus auf die rue Daguerre, den geschäftigen Frauen nach, die hier ihre Einkäufe taten.

Frauen mussten ihn lieben.

Vielleicht Männer auch.

Nach der ersten Schale versalzener Nüsschen bestellte er fein geschnittene rohe Karotten und Gurken und Fenchel, wenn möglich mit ein wenig Ingwer dazu? Das hatte man hier im Péret noch nie bestellt, doch er verwickelte den verdutzten Ober in eine solch charmante Konversation, dass der wie verzaubert in die Küche entschwand. Als er zurückkam, mit den Karotten und den Gurken und dem Fenchel – und dem Ingwer! – machte er Ahmed Abdullah schöne Augen.

Wir waren dann in den Louvre gegangen und hatten Stunden in der ägyptischen Sammlung verbracht. Ich wurde nicht müde, seinen so weit gespannten, doch so greifbaren Geschichten zuzuhören. Dem Gott Re, dem Sonnengott und Schöpfer der Memphisschen Weltordnung schien er besonders zugetan. Er hatte mir erklärt, dass Re erst seit Echnaton den Herrscher und seine Frau, Nofretete gleichzeitig bescheinen, also inspirieren konnte. Zuvor war er als Mensch mit Falkenkopf und Sonnenhelm stets nur einer einzelnen Figur im Profil zugewandt gewesen. Jetzt strahlte er als ganze runde Sonne auf das Paar und seine Gefolgschaft nieder.

Ich käme ihn einmal in der Wüste besuchen?

Bald?

Dann würde er mich zuvor ins Ägyptische Museum nach Kairo führen. Das Museum aller Museen. Dort standen Echnatons und Nofretetes persönliche Schätze noch so selbstverständlich herum wie hier in Paris die Malerstaffeleien an den Seine-Ufern. Und erst die Grabkammern des Tutanchamun! Mit ihren hochbeinigen goldenen Gabentischen, ihrer sublimen Handwerkskunst, man könne darin leben –

Nach kurzem Nachdenken sagte er, ernster: „Am besten sogar darin sterben."

Ich hatte laut lachen müssen. Das war echte Rafinesse, er war umwerfend bescheiden. Und deshalb umwerfend komisch!

Wir waren dann durch die Tullerien und an der Seine entlang bis zum Petit Palais und einer eben eröffneten Ausstellung spaziert, in der Charlotte Perriands Möbel und ihre so orts- wie menschenverliebten Schwarzweißfotos von einer schlichten, näheren Vergangenheit erzählten. Dort hatte ich die Idee gehabt, noch gemütlich mit dem Bus den Boulevard Raspail hinauf bis ins Lutetia zu fahren, um ihm das dort neuerdings als Hermès-Galerie renovierte Art Deco Schwimmbad aus den 1910er-Jahren zu zeigen, von dem ganz Paris sprach. Renas letzte Baustelle, ihre letzte, kühle Innenwelt.

Rena – die war ihm sicher kein Begriff, doch meine Mutter hatte diese Frau bis in den Tod geliebt.

Ahmed Abdullah sagte nichts, kein Wort, als wir angekommen waren, in diesem hallenden Raum. Er war kalt. Ein kaltes Mausoleum. Wir standen stumm und deplaziert herum. Verkäufer, Parfumiers, Galeristen, Ober, sehr wichtig tuende Passanten wuselten über die weiten Treppenläufe. Es stank geradezu nach Wohlstand. Ich hielt mich an den Eisengeländern der hohen Galerie fest, man hätte herrlich in das leere ehemalige Schwimmbad stürzen können und auf die vielen Waren, die keine Wärme machten. Mir wurde schwindlig.

Ein schwarz gekleideter Dandy-Verkäufer wies uns aber rechtzeitig zum Ausgang, Ladenschluss. Der Boulevard Raspail war voller Menschen, hier war das echte Leben, ich rang nach frischer Luft. Ahmed Abdullah und ich fanden uns in der Lutetiabar an der Ecke wieder. Er sah plötzlich müde aus, bestellte uns einen Cognac. Und sagte unverhofft und hohl, wie aus der Ferne:

„Ich habe Rena gut gekannt."

Ich folge dem gelbschwarzen Salamander den Haselweg hinauf. Der ist aus der Familie der „Fridoline", habe ich hier gelernt. Unten im Dorf weiß das jedes Kind. Die orangeschwarzen „Floriane" leben um die Nebengebäude am Waldrand herum, die „Fridoline" aber auf den Wiesen und Wegen des Haupthauses, einem Bauerngut aus dem Mittelalter, dessen Besitzer ich noch nicht kennengelernt habe. Der muss eine gefragte Person sein, ist viel verreist. Über den Indianersommer und seine goldenen Wochen hatte ich ihn einmal von der Ferne den Garten winterfest machen sehen. Die drei jungen Gingkos an der Weggabelung zum Ausgedinge auf der Waldlichtung, in dem Ahmed Abdullah und ich so gut untergebracht sind, die musste er diesen Sommer frisch für jemand gepflanzt haben. Sie leuchteten in der niedrigen Herbstsonne wie lodernde Fackeln.

Der wortkarge betagte Nachbar, seit jeher der Gärtner hier, der die Remise am Ende der Lichtung bewohnt und ein kleines eingezäuntes Gärtchen mit Hasen und Hühnern und Gänsen und Bienen teilt, erzählte mir, er schaffe jetzt nur mehr Rasenmähen, eine Spur nach der anderen, ohne Eile. Der junge Mann aber, der neue Herr im Haus, und er hatte mit unverhohlener Freude zurück zum Haupthaus gezeigt, der kümmere sich jetzt um den Rest hier, verlässlich.
„Er liebt diesen Garten."

Heute Abend, am Weihnachtsabend wären wir, Ahmed Abdullah und die Pflegerin und ich bei diesem jungen Mann eingeladen. Der wortkarge Nachbar, Schweiger hieß der, kein anderer Namen konnte diese Figur so treffen, war gestern extra wegen jener Einladung schön angezogen vor der Haustür gestanden und hatte heute Früh bedächtig eine Tanne vom Hänger geladen und eingepflockt.
Weihnachten!
Ein heiliger Abend wie als ich noch ganz klein war, ein Baum am

Kamin stand und man dazu sang. „Es muss feste Bräuche geben, damit das Herz weiß, wann es dort sein muss", hatte mein Vater jedes mal dazu Antoine de Saint-Exupéry zitiert. Wind, Sand und Sterne. Pierre Vaughan, mein Vater, der Physiker, fand letztlich einen angemessenen Tod.

Doch Weihnachten war für mich für immer vorbei, als meine Mutter tot war und ich auf Las Rocas alleine blieb. Erst im letzten Jahr, seit Helen dem Haus und meinem Leben dort einen neuen Sinn gegeben hat, wurde Weihnachten wieder ein Tag in einem Kalender. Ein fester Brauch, damit das Herz weiß, wann es dort sein muss.

Ted kommt vielleicht noch heute Abend an, hat er geschrieben, das Haus seiner Mutter kann nicht weit von hier sein. Und Jean folgt dann zwischen den Jahren.
Ich bin froh, hier geblieben zu sein. Ahmed Abdullah braucht mich. Es geht ihm nicht gut, nach den langen Operationen. Das Liegen hat seine Lungen angegriffen, er atmet unregelmäßig, am wohlsten fühlt er sich an der frischen Luft.
Er war bald nach den Eingriffen aus der Klinik ausgebrochen, hatte, für besondere Orte talentiert, dieses vollkommen vor der Welt versteckte Refugium entdeckt und so wohne ich seit Mitte Oktober im geräumigen Dachgeschoss des kleinen Nebengebäudes auf der Lichtung, das an private Rehabilitationspatienten vermietet wird. Ahmeds Zimmer liegt bequem erreichbar im Parterre, genießt die Morgensonne und die lautlos vorbeistreifenden Rehe. Die Pflegerin kann alle seine Übungen absolvieren, ihm die gewohnte leichte Küche kochen und ihn drei mal am Tag auf den ebenen Wegen bis in den Wald fahren. Er will lange draußen bleiben. Und ruft mich dann.

Ich bin am Schreiben, am Anfang eines neuen Buches, und er ruft mich von Weitem: „Sylvie", klingt es wieder und wieder leise und singend ins Haus herein.

Keiner, seit meinem Vater, hat mich mehr bei meinem Namen gerufen, mein ganzes Leben lang. „Sylvie", klingt es leise und singend vom Wald.

Ein Elf könnte so rufen.

Der gelbschwarze Fridolinsche Salamander hat jetzt den Haselweg überquert und verschwindet über die immer quellfeuchte Felsböschung in den Föhrenwald hinter den Häusern. Über die in der Dämmerung schwarzen Wipfel steigt der Mond. Zum Tal hin, ich drehe mich um, sieht man zurück auf das ferne stille Blau der Drau. Sie bahnt sich ihren weiten Weg nach Osten, bis nach Kroatien hinein. In der Schleife unter der Wernberger Burg, die heute ein Kloster ist, macht der Fluss halt und bildet ein Himmelsauge. Das glitzert im Abendlicht tiefblau bis zu mir herauf.

„Tigerauge", hatte ich gesagt, als ich als kleines Mädchen – ich musste eben drei Jahre alt gewesen sein – zum ersten Mal zur felsigen Bucht der Las Rocas Insel heruntergeklettert war. Tiefblau hatte dort das Wasser im Hafenbecken gestanden, tief und kaum bewegt. Dann hatte ich zu meinem Vater aufgeschaut, die langen Beine entlang, ein flauschiges Flanellhemd hinauf in ein blond verwuscheltes Bubengesicht.

„Tigerkind", hatte der geantwortet, lächelnd.

Er war nicht mein Vater.

Schritt um Schritt messe ich den sanft ansteigenden Weg, der nach Haseln und Birken jetzt durch die von frierenden Apfelbäumen gesäumte Einfahrt führt. Ich bin wieder gut im Laufen. Die vielen Wochen über bin ich lange Wege gegangen, wie immer, wenn ich weg von der Stadt bin.

Erste kleine Runden durch die umliegenden Wälder und auf die Hügel von Umberg und Ragain, dann steiler hinauf auf die Ossiacher Tauern und die Höhenwege entlang, unter denen, weit weit in der Tiefe, die glitzernden Uferdörfer der Reichen und Schönen sich malerisch in den Wörthersee stürzen. Der Weg nach Saisserach, am moorigen Waldsee vorbei, ist mir der liebste geworden, denn am Rückweg geht man ins Abendlicht hinein der Römerstraße entlang, die schon in keltischer Zeit alle heiligen Brunnen und ihre Höfe verband. Von dieser alten Straße ist der Haselweg ein Stück.

Der Tag in Paris war also mit einer Eröffnung zuende gegangen. Ahmed Abdullah „kannte Rena gut". Vom Studium in Athen. Das war das Ende der Unterhaltung gewesen. Ahmed hing dann seinen Gedanken nach. Ich hing meinen Gedanken nach. Ich hatte ihn bis zur Rue Cassini gebracht, wo er im Atelier einer Künstlerfreundin wohnte. Die Nummer 3, mein Lieblingshaus – weißes Tudorfachwerk mit hellen Backsteinfüllungen im Fischgrät, den alten Garten des Observatoire im Rücken – das mir beim Vorbeigehen immer so sympatisch gewesen war. Beim Vorbeigehen, wenn ich Isaac Loewemann besucht hatte. In seinem finsteren Studio in der Hausnummer 8, behäbiger Jugenstil, lichtlos, erdrückend. Wo er mich zum Schreiben, für ihn natürlich, zum Zuhören, ihm natürlich, und zum Sex, nur für ihn natürlich, gezwungen hatte.
Das war mindestens hundert Jahre her.

Ahmed Abdullah und ich hatten uns nach diesem gemeinsamen ersten Tag geschrieben. Kleine Billets kamen an, mit weißen Tulpen, weißen Rosen, weißen Lilien, Jasmin. Ich hatte jedes Billet beantwortet. Etwas Tragisches war um diesen alten Herrn. Er war mir kostbar. Als ein Monat vergangen war, fehlte er mir. Ich war zur Rue Cassini spaziert, es war Ende September, hatte geklingelt. Er war nicht zuhaus, aber die Künstlerfreundin. Eine Schweizer Goldschmiedin, ich kannte ihr sympathisch verfaltetes Gesicht aus den Zeitungen.
„Nein, Gott Ptah hat uns verlassen", sagte sie. Das war sehr liebevoll gesagt, in Memphis hatte Ptah, der Gott der Handwerker und Baumeister als der Schöpfungsgott, der Vater des Re gegolten. Er hatte den Sonnengott aus seiner Zunge und seinem Herz

geschaffen, das erstmals erwähnte Prinzip des Logos: *im Anfang war das Wort*. Ptah war ein Außenseiter gewesen und geblieben, mit keinem anderen Gott verwandt.

Ahmed, der „Handwerker und Baumeister",wie er sich als ortsbedachter Entwickler seiner Wüstengüter vorgestellt hatte, hatte mir diese Geschichte vor der Sonnentafel des Re im Louvre erzählt. Die Nachmittagssonne war gerade in die untere Galerie gefallen und er hatte kurz in einer Wolke aus goldenem Licht gestanden, die Augen aus purem Bernstein.

Ein Außenseiter. Mit niemand anderem verwandt.

Die Schweizer Freundin wurde aber gleich ernst dann. „Nein nicht verlassen, nicht wirklich", sie merkte, dass ich besorgt war, wir standen immer noch auf der Straße und der erste Herbstwind ging. „Sie müssen die Schriftstellerin sein, die er so liebt? Madame Vaughan? Ich hätte Sie mir älter vorgestellt, verzeihen Sie. Ich habe ihm versprechen müssen, Ihnen regelmäßig Blumen zu senden, denn er ist seit Wochen in Rehabilitation, er wollte in diese berühmte österreichische Klinik, die scheinen wundertätig, nach seinem Sturz hier im Treppenhaus und diesem komplizierten Bruch. Tut mir heute noch so leid – und es sieht nicht gut aus, fürchte ich. Er war sicher zu eitel, Ihnen das mitzuteilen, Sie wissen ja, Männer. – Ich gebe Ihnen die Telefonnummer mit."

Heute früh kam hier im Haselweg eine Notarin zu Besuch. Das Gespräch dauerte eine so freundliche wie präzise Viertelstunde. Seit heute früh also weiß ich es. Mein Vater ist nicht mein Vater.

Eigentlich bin ich kaum erstaunt. Eher über das Vermächtnis, die Aufgabe. Wie kümmert man sich um eine Oase? Was macht man daraus? Wo die internationale Wirtschafts- und Sicherheitskrise auch den korrektesten, sanftesten Tourismus tötet, wo eine ganze arabische Welt sich, wüst um sich schlagend, in Demokratie freischwimmt? Siwa war nach den letzten zwei ägyptischen Revolutionsjahren ein wertloser Haufen Sand und Stein, vollkommen neu zu erfinden. Mit den Menschen dort, das war der einzige Weg. Und dafür war Ahmed jetzt zu schwach. Welch eine riesige Verantwortung, für dutzende von Familien, ich hätte gerne „nein, danke" gesagt.

Als die Notarin ihren Kaffe getrunken hatte und in ihren silbernen Geländewagen gestiegen war, bat mich Ahmed, ihn die Mittagsrunde durch den Wald zu schieben. Wir zwei allein. Es sprach sich gut so, nah, doch ohne Blickkontakt. Wir schauten den Wald an, der nach frostiger Nacht volkommen starr war. Und Ahmed begann zu erzählen.

Von Rena. Der Rena mit der kalten Liebe. Er begann bei deren Mutter, Ephy Lovatelli, der Theosophin. Einer in Ägypten wohlbekannten und angesehenen Frau, die ihr Kind, obschon mit einem italienischen Diplomaten verheiratet, offensichtlich der langen Liaison mit Capris legendärem Freidenker und Kunstmäzen Jacques Fersen verdankte. Sie hätten sich zum Verwechseln ähnlich gesehen, Rena und Jacques Fersen! Man habe nur hinschauen müssen!

Ich dachte mir dabei, wenig überrascht, tatsächlich, sie sahen sich zum Verwechseln ähnlich, Rena und Jean, man hätte nur rechtzeitig hinschauen müssen! Ephy Lovatelli sei nach Jacques Fersens Tod sofort von der geliebten Insel geflohen, fuhr Ahmed fort, sei in die Südsee, dann nach Afrika gereist, habe sich schließlich in Alexandrien niedergelassen und sei in den dortigen Literatenzirkeln auf Ahmeds Vater gestoßen. Ahmed kannte Rena also schon als Kind. Sie hatten ganze Sommer in Siwa verbracht, die Eltern waren ständig verreist, der Weltkrieg war ausgebrochen, sein Vater hatte, als geborener Russe und Trotzkist, wohl geheime Missionen, wurde verschleppt, war bald darauf vermisst. Verhungerte schließlich in den Gebirgsgrotten an der libyschen Grenze. Der englische Patient, erinnerte ich mich an meine erste Assoziation mit Ahmeds Namen – ich hatte nicht so falsch gelegen.

Ahmed sei dann mit den Beduinen aufgewachsen. Ich konnte ein feines Lächeln hören. Es musste eine schöne Jugend gewesen sein. Ephy Lovatelli, deren Vermögen bald vertheosophiert war, kehrte zu ihren Eltern nach Athen zurück und erzog dort Rena in der ihr eigenen Unabhängigkeit und Kühle. Diese Mutter, von herber Grazie, schneidend klug und endlos kritisch, musste ein Eisberg gewesen sein für ein Kind, sinnierte Ahmed in den Wald.

„Ein Eisberg, wie ich sicher einer war", ergänzte ich sofort im Stillen.

Mit Jean hatte ich genau so gelebt, jahrzehntelang, *in der mir eigenen Unabhängigkeit und Kühle – schneidend klug und endlos kritisch*. War ganz vereinsamt. Und hatte doch noch die Liebe gefunden. Wie Jean auch.

Ich hielt den Rollstuhl an.

Gerade kam der Nachbar vom Aussichtsweg vorbei, ein rüstiger Alter mit grauem Filzhut und schwarzem Sennenhund, und ich wollte ihm Platz machen. Es war jeden Tag genau elf Uhr, wenn er hier beim Holzkreuz aus dem Wald in den Haselweg bog und sein rotes Totenlicht anzündete. Er lüftete den Hut, sprach einen lautlosen Satz und nahm die Leine kürzer. Dann gingen Herr und Hund den Weg hinunter, zurück ins Dorf.

Ich beugte mich, während ich den arhythmischen Gang des Alten beobachtete – er musste ein kurzes und ein langes Bein haben, seit jeher – zu Ahmeds Nacken hinunter und atmete ein. Dann wieder aus. Ein Geruch wie Kräuter oder trockene Wiese. Wir waren uns ganz nah, eine lange kleine Weile lang, in der wir jetzt, gemeinsam allein zurückgeblieben, auf das Holzkreuz schauten.

Des Nachbarn grauer Filzhut wippte den Haselweg entlang zwischen den Birken davon.

Ahmed sagte, auch Rena habe etwas von dieser Kühle gehabt, beinahe entschuldigend. Doch sie habe Christl geliebt. Auf ihre eigene Art geliebt. Vielleicht nicht genug geliebt, nicht tief und wund und leidend, so wie Christl das verdient gehabt hätte. Er selbst habe Christl ja nur einen einzigen Abend erlebt. Ahmed machte eine kleine Pause und hauchte die Luft durch die Zähne. Doch meine Mutter und er seien sich in ihrem tiefen und exklusiven Anspruch auf Liebe wohl sehr ähnlich gewesen, ergänzte er. In seiner Stimme lag zum ersten Mal etwas wie Bitterkeit. An einer kalten Liebe wie der von Rena habe man zerbrechen können. Er habe das viel später verstanden, und endlos bereut, als er von Christls Tod erfuhr.

„Ich wäre gern für sie gestorben", suchte er meine rechte Hand. Er zog mir sachte den Handschuh aus, führte den Handrücken an seine Stirn und neigte den Kopf nach vorn.

„Verzeih mir", hieß das, und ich hatte im gleichen Augenblick verziehen. Keiner war hier schuldig. Keiner war schuldig für fremde Schuld. Und was verziehen war, war plötzlich leicht.

Ahmed Abdullah hatte heute Morgen, keine Stunde her, seine ganze Existenz verschenkt. Und seine ganze Existenz gewonnen. Ein Außenseiter, mit keinem anderen verwandt.

Außer mit mir.

Ich drehe mich um jetzt, bei den frisch gepflanzten drei Gingkos, die starr stehen in ihrer Raureifrüstung und schaue den Hang hinunter. In den Häusern im Dorf gehen die Lichter an. Der Heilige Abend kehrt ein, man kann ihm zusehen dabei.

Da geht einer die Dorfstraße entlang, eine große alte Reisetasche über der Schulter, einen langen Kutschermantel an, das wuschelige Haar wippt unter dem schwarzen Hut. Er biegt rechts ein, kommt mir entgegen.

Der junge Besitzer, von dem der wortkarge Schweiger berichtete, er käme mit dem Nachmittagszug, rechtzeitig vor der Dämmerung?

Da schaut er auf, den Hügel hinan, auf seine Gingkos, und auf mich. Schritt für Schritt den Haselweg hinauf, breitet er langsam die Arme aus.

Berühre die Flügel der Engel
Mit Leuchtefingern.
Ted –

Quellen

- Laurie Baker, Mud. Centre of Science & Technology for Rural Development COSTFORD, 1971
- Pierre Bergé, Lettres à Yves. Gallimard 2011
- Bernhard von Clairvaux, Sämtliche Werke. Tyrolia 1990
- Hassan Fathy, Construire avec le peuple: Histoire d'un village d'Egypte: Gourna. La Bibliothèque arabe Ed. Jérôme Martineau 1970, 5e ed. Actes Sud 1999
- Friedrich Hölderlin, Werke. Insel 1969
- Dominique Moïsi, Kampf der Emotionen. Wie Kulturen der Angst, Demütigung und Hoffnung die Weltpolitik bestimmen. DVA 2009
- Juhani Pallasmaa, The lived metaphor, introduction to: Pezo von Ellrichshausen Solohouses. Libria 2011
- Marcel Proust, À la recherche de la temps perdu / Auf der Suche nach der verlorenen Zeit. Gallimard 1972 / Suhrkamp 1977
- Rainer Maria Rilke: Das Stundenbuch. Insel 1927.

Es ist die Zeit der Rückschau, der Einordnung, der Abrechnung – aus den Aufzeichnungen, die ein alter Mann für seine Tochter niederschreibt, entsteht das Bild eines dicht verflochtenen Bündels von Lebensläufen. Schicht um Schicht wird frei gelegt, bis die Struktur sichtbar wird, in deren Zentrum zwei Menschen stehen, Franz und Eva. Die unterschiedliche Faszination, die von ihnen ausgeht, zieht die anderen in ihren Bann – und ins Verderben. FRANZ SPRICHT vom Leben, vom Schicksal, vom Scheitern und von der Hoffnung.

Elisabeth Hauer
FRANZ SPRICHT
Roman
336 Seiten; 13,5 x 21,5 cm
€ 24,99 · ISBN 978-3-222-13357-2

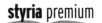

Eine radikale Stimme in der österreichischen Gegenwartsliteratur fordert Aufmerksamkeit und Empathie für die zentrale Figur ihres neuen Prosatextes: Katharina Tiwald verbindet genaues Beobachten mit so glasklarer wie wundersamer Fabulierungskunst, und so erzählt sie die Geschichte eines Mädchens, dem es nicht gelingt, in sich selbst behaust zu sein. In der Normalität versteckt sich die Gefahr, und aus dem Bedürfnis nach Nähe erwächst die Bedrohung. Es ist nicht leicht, ein Mensch zu sein ...

Katharina Tiwald
DIE WAHRHEIT IST EIN HEER
Roman

208 Seiten; 13,5 x 21,5 cm
€ 24,99 · ISBN 978-3-222-13365-7

styria premium

IMPRESSUM

ISBN 978-3-222-13397-8

© 2013 by Styria Premium
in der Verlagsgruppe Styria GmbH & Co KG
Wien · Graz · Klagenfurt

Bücher aus der Verlagsgruppe Styria gibt es
in jeder Buchhandlung und im Online-Shop

styriabooks.at

Lektorat: Reinhard Deutsch
Cover- und Buchgestaltung: Bruno Wegscheider
Coverfoto: iStockphoto/nobuhama 55
Druck: Druckerei Theiss GmbH,
St. Stefan im Lavanttal
7 6 5 4 3 2 1